我心里永远住着一个春风少年

云海 著

文化发展出版社
Cultural Development Press

图书在版编目（CIP）数据

我心里永远住着一个春风少年 / 云海著 . －北京：文化发展出版社，2019.4
ISBN 978－7－5142－2617－1

Ⅰ.①我… Ⅱ.①云… Ⅲ.①散文集－中国－当代 Ⅳ.①I267

中国版本图书馆 CIP 数据核字（2019）第 067602 号

我心里永远住着一个春风少年

云海 著

出 版 人	武　赫		
主　　编	凌　翔		
策划编辑	肖贵平	责任编辑	孙　烨
责任校对	岳智勇	责任印制	杨　骏
责任设计	侯　铮	排版设计	浪波湾

出版发行	文化发展出版社（北京市翠微路 2 号 邮编：100036）
网　　址	www.wenhuafazhan.com
经　　销	各地新华书店

印　　刷	三河市华东印刷有限公司
开　　本	787mm×1092mm　1/16
字　　数	190 千字
印　　张	13
印　　次	2019 年 5 月第 1 版　2019 年 5 月第 1 次印刷
定　　价	49.80 元
ＩＳＢＮ	978－7－5142－2617－1

如发现任何质量问题请与我社发行部联系。发行部电话：010－88275710

自序:《我愿做一个精神明亮的人》

少年时代,我有很多梦想。

那时的夏季,我爱穿一件最为时尚的红衬衫,经常和一个要好的同学喜欢整理发型,在居住的小城内转遍了好多发廊,烫发,爱臭美。我每次看到那个美发师时髦帅气的样子,就梦想做一个和他一样的人。也记得父亲经常带我到城南桥头一家国营浴池去洗澡。父亲爱泡澡,擦背,习惯在那浴池里小歇一会。他总会给我说:"你长大后做一个擦背的多好。"

我居住的周口小城曾经举办过第一届歌手大奖赛。我报名参加了,那年我18岁。

那个时代还是卡拉OK磁带伴奏,我选择的是齐秦的那首《原来的我》。谁知我一不小心进入了复赛,有幸一直到五一路电影院参加决赛。记得那天傍晚,我高兴地邀请了几个要好的同学来捧场,我获得了第二名。那天是一个快乐的夜晚,我几乎一夜都没有睡着。

我少时想做一个美发师的梦,还梦想做一个齐秦那样的人,但除了父亲给我的那个所谓的梦想以外，那两个梦想让我兴奋了好久，却又是白日做梦。偶尔想起，怅怅然。

　　那个年代，小城里有一家少年经常去的书店，有三毛的书，《雨季不再来》，有琼瑶的书，《几度夕阳红》，有席慕蓉的诗集，《七里香》等。这些都是那个少年喜欢阅读的书籍，尤其是琼瑶的书，读着读着就会被书中富有激情、栩栩如生且个性鲜明的人物感动着，甚至舍不得读完某一个章节就赶快把那本书放在枕边的床头。转过身，几度哽咽，热泪盈眶，怕人看见，少年便偷偷用衣袖擦去眼泪。特别是《几度夕阳红》那本书中的男主人公"何慕天"深情的形象，少年被他的一举一动打动过无数次。

　　比如：在寒冬天，他修长的身材穿着民国时代的中式长衫，再围着一条长长的洁白的围巾，一个人迎着西风凛凛几度望着夕阳沉思的样子，刹那我读书的眼睛便会生出极为炽热的光芒。

　　那个素心少年便是我。

　　有时，我想起《几度夕阳红》那本书中的某一篇章，记忆特别深刻，一直到现在都会让人心心念念不忘，格外感人。

　　上高中时，我无边的暗恋文字，就像暗恋一个姑娘似的，总会莫名其妙地写一些诗，写一些感动自己却不成篇的文字。青春年少时写的那些字字句句，有点青涩，有点忧伤，有点不安，但它纯洁得像一张白纸。现在想来，这是我写文字起初的开始，也是我写文字朦胧的开始。

　　从此我爱好文学梦的种子就此萌芽，我又一次再做梦。

前些年，我在南方工作的那些日子，尝试过写一些文字，不自觉地爱好文学梦的种子，又一次扎根在我的体内，不时地有想冲出来的欲望。我在写作中爱上了读书，我在阅读中爱上了写作。空闲下来，我扑在书桌上就写，经常周末足不出户。无可置疑，那座南方青山绿水的小城——安庆，它是我以后真正创作的源泉。

我从少年写作的梦想到现在，《我心里永远住着一个春风少年》是我出版的第一本个人散文集。

有时想想，这本书中所写的文字，让我感动过无数次。因为，它荟萃了我写作九年来最精华的文字，是一本唯美且朴实并指向人心和人性的文字，也是一本作者写叙事，写意境，写游离，写身边好的人与美好生活的文字——有这个世间的大爱与真情、有人间美好的情谊、有独立特性写意的内心、有燃烧的青春文学、有日常的小欢喜、有可心可怀的旧光阴。

这本书中唯美光阴中的文字，我也总觉得，有温度，有灵性，有深情，绝不刺眼，绝不腻，却刻骨铭心。当你翻开这本书，当你读到某一段落或某一篇章，刹那会让你感动，释怀，沉思。也许，你会说，云海，你写的这本书中，其中的一篇所描述的情节，为什么与我的经历——有如此的相似呢？

如果有人真的问我，让我怎样回答呢？

也许，这恰好相似的情节，它只渴望结识一个新的朋友，倾听我全部的声音，定会让你们沐浴在这既唯美又充实的读书时间里，听一个全新的故事，从中找到我和读者之间的相通共鸣，再得到你们智慧读者对我真诚的眷顾。作家周国平说："一个人写自己真正想写的东西，写出后自己真正喜欢，那么，我相信，他必定能够在读者中获得一些真正的知音，他的作品也比较能够长久流传，因为连接他和他的读者的不是消费的口味，而是某种精神上的趣味。"

有一天，我在整理书稿时，偶尔看到一位读者给我的留言，他说：

"这个世间那么喧嚣，而你的文字会让人心安静下来，会让人的心灵有一处存放的地方，看上一眼，就不曾忘记。"

安静、心灵、存放、不曾忘记，这些词汇，于我而言——想起每一个每时每分每秒写作的深夜，能写一些最好光阴里从容温暖人心的文字，能写一些多一分则多，少一分则少的恰当孤独的文字，寻找内心世界里的美与好、快与乐，过一种丰富写作的人生自是有清欢的生活。这样的写作生活，我喜欢。皆因这本书中所有文字里的风声，雨声，雪声和一切大自然美妙的声音，它们都知道我。只这一句话，我便全都明白，我愿做一个精神明亮爱写作、爱生活的人——讲述那些最美好、最闪亮、最能打动人心的时光。

是为序。

目　录

第一辑　唯有日常最深情

最好的时光,唯有日常最温暖最朴实最深情,来了,再来。总记得,全在我心里啊!

唯有日常最深情　002
小欢喜　005
慢下来的光阴　008
两代人的牵挂　011
暖　015
天真,永远不会老　018
时间呀,时间　022

第二辑　情调

我愿意对一切美好的事物低眉,我更愿意对喜欢的人低头。因了喜欢一个人到了痴迷,哪怕把头低到尘埃里,心里也是喜悦的,这种喜悦,是一种情调。

情调　028
旧光阴,像烟花一样凉　032
鱼的眼泪　036
又美好,又短暂　039

01

闲情与安稳　042
爱不尽，是最美的仙境　046
忽梦少年事，与冷香情深　050
守望，一河浅水　053

第三辑　与你相见，是我早已有了定数的心愿

　　我走下西泠桥时，天上的星星和月亮都出来了，已是薄夜。我一个人去松柏间听了一会风。风吹着我的头发，我闻着那种古味胭脂的香气，一边闻一边想苏小小。在杭州西湖，一个湿润润干净的黄昏——能在西泠桥畔相见这么好的一位风华绝代艳情漫漫的美少女，让我心动不已，一生都不会忘记。

与你相见，是我早已有了定数的心愿　058
孤品孤山　064
西湖水，西湖梦　069
在云南遥远的乡下　074
深美静秋　079
南湖女人，恰像似梦　083
不能忘记你的样子　087
窦庄古城堡的夜　091
坐火车行走在最美的路上　095

第四辑 私人情怀

有时我在想,只要心中装有山水日月光阴的人,最私人的情怀无论它好它不好,回过头来,再看,怎能不值得人去珍藏去怀念和敬意呢?

私人情怀　100
小翠园　104
忽而盛开,忽而优雅　108
泡桐树的少年恋　111
花开花落,唯有深情知　115
我想飞　119
忽已又是一年仲秋满月时　122
最好的时光　126

第五辑 皖南忆,最忆是小城

我对小城有说不尽美好的印象,可我情愿把这座皖南小城比成一个端庄清秀的黄梅女子,也是我心中永远的追忆。

皖南忆,最忆是小城　132

我的小屋　137
徽州古街，恰似故人归　141
想念南方的深秋　145
颜色呀，颜色　149
总有一刻，不同寻常　153
刹那美好　156
天柱山，我是你的山河故人　161
初寒天，相逢静晚亭　165
过往岁月　169

第六辑　亲爱的远方

亲爱的远方，你隔着山水光阴，很远很远，真的太远了，惆怅呀。可是，在我心里，一直贴近远方，在我梦里，一直睡在远方的夜里靠着远方枕着远方很近很美很烫的，热烈呀，欢愉呀。

亲爱的远方　174
清寂，清寂　179
简单与复杂　183
觉悟刹那间　186
相遇与分别，有恰当温暖的孤独　191

后记：写作人　194

第一辑　唯有日常最深情

最好的时光,唯有日常最温暖最朴实最深情,来了,再来。总记得,全在我心里啊!

唯有日常最深情

周末，我下午提前约上大哥。

到了傍晚，我俩一起到文明路又到这家熟悉的小酒馆，再随意要上两碟可口的小菜，满上两杯，小酌小饮，没有白日工作中的客套，无忧无虑，轻松自在。大哥喜欢文学，爱好书法，性格温和，平和近人，从不说过于严厉的话。

灯影下，哥俩相悦而坐，这个时候很容易让人敞开心扉，倾心交谈。

酒刚好时，他就会谈及一些对文学创作的看法，说一些文学大家的代表作品。

譬如朱自清的《背影》，冰心的《我把春天吵醒了》，郁达夫的《故都的秋》，还有苏联文学巨匠高尔基的创作经历。

他说，高尔基只是初中毕业，但他却写出了伟大的作品。其实，写作并不需要你有多高的学历，但要具有对文学的素养与天赋，重要的是以后的勤奋，执着和努力。还要学会在平淡的生活中去寻找，探索，挖掘，就会发现生活中美好的人和感人的事。在日常生活中还要有阅读的好习惯，把那些好的文字记在心里养在心里，慢慢积累、沉淀，自然就会滋养出属于自己想要表述的语言。有时，一旦文气跟着灵感上来了，就要去写，用真情真意真心写出自己想要说的话。但不要逼着自己写，因为，那样写出来的文字不是发自内心的，不好看，也不漂亮。

他对文学创作的看法，是我理解的复述，不是大哥的原话。他的原话比这深刻多了，一生都会记住，铭记在心。

每次和大哥小聚在一起的时光，他总是用一种温馨且平静的话语来鼓励我写作。所以，一有闲暇的时间，我便喜欢和大哥小聚在一起谈心，谈文学，并享受那种酒意散淡的人生。

大哥人品好，酒品一样好。

我一直钦羡他酒后的镇定，以及他酒后和酒前一样有着文学涵养的风度。总之，每次和他小聚在一起的光阴，我要的不是酒，我要的是哥俩咪上两口，那种对酒最真诚最纯净的态度；我要的是哥俩碰杯清幽的刹那，那种像酒一样醇厚的情感；我要的是哥俩彼此说话间，那种温馨快乐淡淡酒意的氛围。

我俩在小酒馆喝到恰好，再说一些心中事，一直聊到夜深。

深夜，我俩走在人民路上。看着我们哥俩在灯光下微醉的身影，真没有辜负这样的好时光，这一刻把我俩身影的底色打磨得如此之厚，如此之深，忽而相互叠加在一起，不分你我，不离不弃，永远温馨是一家人。

我回到家，看窗前透来一丝隐约的光，好像生出一朵蓝莲花，有种静美的禅意，直抵小悦微醉的心怀。我不自觉地想写一些文字，这样一想，很快文气跟着淡淡的酒意上来了，我快步走进书房写着今晚哥俩在一起唯有日常最深情的好时光。

我一直认为喜欢写文字的人，谁不喜欢好时光的相拥陪伴呢？所以，那些与生俱来的温暖、慈悲、欢喜、深情、如影随形，是定数，终生在你身边萦绕。

  我喜欢今晚的好时光，有他谈及的一些对文学创作的看法，有他对我写作的鼓励，有哥俩彼此说着的心中事，一句比一句温暖，一句比一句深情，有哥一杯，我一杯，喝尽肺腑，有种绵甜之味上涌的泛滥。那种微醉酒意下的小泛滥的情怀，随时随地能在你整个身心四处荡漾，为的是今天傍晚哥俩小聚喝到意兴阑珊的好时光。

  今晚小聚的时光与天地光阴相比，只是美好的刹那。就是那种美好的时光，落在一粥一饭间，落在三盏两杯淡酒中，落在一句比一句温馨的深夜里，是日常烟火气的温暖，是生活中真心真意细腻的话语，是朝朝夕夕满怀动心的朴实，如此踏实妥帖，贴心贴肺，<u>丝丝入扣</u>。

  最好的时光，唯有日常最温暖最朴实最深情，来了，再来。总记得，全在我心里啊！

小欢喜

今天,我忽然被几个同学邀约小聚。

傍晚,我怀着小欢喜的心情去赴约。因为,那是好多年未见的一次重逢。当我看到几个初中同学的时候,不用介绍,我几乎一眼认出了对方,不是几乎,其实就是一眼,一眼就亲切,一眼就熟识,真的,小欢喜的心情是美的。

我们小聚的地方是一个同学的公司,在温度适宜、暖色调的灯影下,我们围坐在茶桌旁缓慢叙旧,那会儿彼此感慨的话很多——上学的往事不断提起。其中,有一个同学说:

"你们还记得各自的同桌吗?如果谁心中还有藏着的小秘密,现在都可以畅所欲言哦。"

那时我不知道什么是喜欢,更不知道去追求谁,就知道一进班看到一个穿着红色上衣的身影坐在那儿,就高兴,心中就会藏有不安。

事隔多年后,才知道那种因高兴产生不安的感觉,就是青春时的懵懂。

今晚彼此说话都很真诚。那真诚，居然可以让人心跳，有时这一刹那小聚的心跳，那一会儿竟然小欢喜得不能自禁，真叫人可以记一辈子。

这位同学的公司，有卡拉OK点唱机。

我唱着齐秦的那首歌《原来的我》，那熟悉的旋律和唱词再一次回响，"给我一个空间，没有人走过，感觉自己被冷落。给我一段时间，没有人曾经爱过，再一次体会寂寞，我还是原来的我……"

我那时只知道这首歌的旋律好听，只记得一个人经常整天跟着学唱，甚至到晚上也不曾放过。现在唱着那个时代的歌词依然贴心，只是感觉和那时真的不一样。感叹！一个转身的时间，光阴过得真快，老去的只是光阴，不老的才是内心，就像这首老歌的唱词一样，"我还是原来的我……"，其实，少年初心，我从未改变。

今晚请允许我怀念那时的初心。记得那年夏季在浓得化不开的青春里，我第一次穿着红上衣，第一次坏坏的叼着烟卷，在黄昏下憧憬着一种从没有到达过的美好。

夜已深，她们还唱着邓丽君的《甜蜜蜜》，"甜蜜蜜你笑得甜蜜蜜，好像花儿开在春风里，啊！在哪里见过你？你的笑容这样熟悉，我一时想不起，啊！在梦里，甜蜜笑得多甜蜜……"，那歌词句句动心，我听着简直成了春风少年。是啊！多好的青春年华——十五岁，人生有几个十五岁的时光，让你坐在教室里看自己喜欢的一个如花的女孩？也只有那一年。

有一年的春天，我重回到初中校园，还是这个学校，只是已变了模样。我问了又问，我的教室呢？我的座位呢？还有学校门前的那棵老树呢？我知道我在寻找过去的另外一个自己纯真的身影。再后来，我学会了写散文，我的好多篇散文笔记中总是出现过初中校园门前的那棵枝叶茂盛的老树和树下一个春风少年时的身影。这样的情节，就是那时青春懵懂时的情节，总是挥之不去，更确切地说，那是我纯真少年时的身影——已经和我的散文生长在一起，不离不弃，难舍难分。

那时青涩单纯的时光，全都定格在恍惚最美的刹那了。

不，永远在我的记忆中，在我怀旧的歌声里，在我写的那些青春时光的散文里了。

我们唱了很多怀旧的歌。无休止地唱着齐秦和王杰的歌，属于我们那个年代的青春的老歌，"我是一匹来自北方的狼，走在无垠的旷野中，凄厉的北风吹过……"，那嘶吼声，总是孤独和狂妄，全是对青春往事的质问。记得那年在周口小城举办第一次歌手大奖赛，我从预赛到复赛直到决赛，我唱的都是齐秦的歌，少年狂妄的我，真浪漫呀，一生不忘。

"还记得年少时的梦吗？像朵永远不凋零的花……"，我微醉地唱着《爱的代价》，一边唱一边怀想着少年时的往事。有人说，人一开始怀旧，心就老了。我倒不这样认为，我喜欢怀旧的歌曲，怀旧的歌声里，我永远是一个春风少年。

我坐在一处安静的地方，端着一杯红酒，再听着他们的歌声，仿佛自己的耳朵也在喝酒，那一刻，我听醉了。我一直在笑，把小欢喜的眼泪都笑了出来。

深夜，我们都唱得心醉痴迷，特别是那些怀旧的唱音，全都闪着青春之光，一直唱到凌晨迎接2016新年的第一天。我们再次端起酒杯在新年钟声敲响的刹那，一饮而尽，一饮而尽吧！为了恰好重逢小欢喜的时光。

有些天里，我在家中不知不觉地就会哼唱那首齐秦的歌《原来的我》，"给我一个空间，没有人走过，感觉自己被冷落。给我一段时间，没有人曾经爱过，再一次体会寂寞，我还是原来的我……"

我唱着那首歌，喝掉一杯红酒，又喝掉一杯，感觉有无限的回味在那晚小欢喜的歌声里……

慢下来的光阴

今天家中只有我一个人，看冬日阳光从窗外照进来暖暖的，懒洋洋的。我坐在布包的沙发上，小桌上有泡好的暖胃红茶，就这样在寻常的日子，我翻开作家李娟的书《品尝时光的味道》，这会儿心情愉悦地走进了作者用朴实而优美的语言构筑的书中。

我读到书中的第一篇文章《一个人的丽江》就被作者淡定的文字气场给吸引住了。她在文中这样写道："我来这里，是因为太渴望一些东西，听说来这里可以放下，可以安静，可以心安。"看似一句简单的话，当我读完整篇文章后，便感慨这样的文字气场啊！就好似人的气质，看上一眼就喜欢。

我一直还有这样的感觉，读一篇文章的开头，如若能吸引眼球，那下面的文字就不用说了，定会文气逼人。我一连阅读十几篇她的散文，越往下细细地品读，越感觉文风朴实典雅，蕴含大美，似春风的饱满、似溪水的欢畅、似阳光的温暖、似月光的朦胧！

这本书中，有游历的时光，有爱情的惆怅，有亲情和友情的温暖。

其中，她在《妹妹的笔记本》一文中写道："在泪光里，我看见了你，在磨难中长大的妹妹，我月亮一般的妹妹。你像一只荆棘鸟，每一步行走都是疼痛和鲜血，每一步行走都忍着苦痛和泪水，可是，你从来没有放弃希望，放弃对生活的信念。"我读到这段话时，内心忽然一下被触动了，似乎看到了自己某年的身影，有寂寞、有疼痛、有眼泪。

她在另一篇文章《慢》中有这样的描述：

"在苏州的山塘街，我遇见一位卖茉莉花的老婆婆。她坐在街角的小木凳上，身旁放着小竹篮，竹篮里盛满洁白的茉莉花。她低着花白的头，苍老干枯的手指，轻轻捻起那些小茉莉。雪白的茉莉，淡然、羞涩、洁净，如待字闺中的少女。她将一根细铁丝从花蒂中穿过，不一会儿，一串茉莉花就穿好了。她缓慢的举止，满头的银发，慈祥的模样，那么像我的祖母。我蹲在她身旁静静看着，茉莉如一群身着白衣的小姑娘排着队，牵手站在一起，我买了几串茉莉花，戴在手腕上，清芬袅袅，有暗香盈袖。"

我读着看着仿佛能闻到这字字句句中散发出的又白又嫩的茉莉花的芬芳。那弥漫开来的芬芳，就像春天里泡好的一杯浓香的茉莉花茶直扑你的鼻尖，喝上一口，能香到你的身心里，能香到你的骨子里，这会儿觉得全身心有了一种满满当当的愉悦感。

这本书中所散发出的独具魅力的气息，有可人可心的句子，有日常生活打动人心朴实的话语，有人间真实的情谊，有满心慈悲赋予文字真实的灵魂，有对待这世间风物所独有的视角，有笔者不动声色柔软充沛的内心……

有时，读一本好书，我都舍不得读完，舍不得放下。读一会儿，沉思一会儿，感慨一会儿，这本书中的文字使用得如此精妙，如行云流水，没有一字一句多余的，原来文章可以这样写！这才是一个真正驾驭文字的作家。

我一下午都没有出门，觉得全身感官都被这本书中——有光泽，有温度，有精神明亮向上的力量给予读者感动心灵的文字气场给迷住了，淹没了。好像只有句句朴实且唯美具有灵性的文字气场存在，不再沉思，不再感慨，不再发一言，脑袋全是她心灵芳香的文字。这会儿我甚至觉得这本书中所有朴实且唯美真情真意的文字，仿佛它们都一一扑向我的身边安营扎寨，刹那让我读书的光阴与读书的心——全都慢了下来。

　　她是写书人，我是读书人，书中有好文字做伴，我真心是这本书的读者，我真心与这本书中似有生命鲜活的文字亦是知己。

　　我和朋友小聚在一起的时候，总会忍不住地说："作家李娟的文章写得太好了！"因为，这个沾满文字馨香把文字养在心里的作家，就如她在《慢》一文中那样生动的描写："慢，原来是这样的娴雅与静好。"

　　是啊，在慢下来的光阴里读一本真正有营养的好书，能愉悦人心，能打动人心，能感动光阴。

　　有时，我真是一个贪婪好文字的人，即使这本书中的营养再好再多，再怡人、入心、入肺，还嫌不够，真的不够。

　　我喜欢这本好书！我真的喜欢。

两代人的牵挂

五月初正是暮春和初夏交合的日子,也是儿子五一长假最后一天。上午十一点整的车票,他要返回郑州上学了。

儿子临走时,我想去送他。他对我说:"爸爸,不用了,行李也不多,八一路车站离家也近。"我只好嘱咐他到了学校来个电话或发个短信报个平安。他点下头,简单应和着一个"好"字后,一个人便拿着行李匆匆走下楼梯。当房门关上的那一刻,我急促地走到窗台前看着他走出门外,再目送着他高高的背影在视野里慢慢走远。忽然感觉时间过得真快,似流星在天空划过,转瞬间,他长大了,这次回来思想也丰富了许多,他在大学里的生活已接近一年。

下午,我没有盼来他的电话,也没有看到他发来的短信。突然心头涌起阵阵酸楚,我想起了一件难以忘却的往事。

那是去年夏末的一天,儿子被郑州一所大学录取。

自从那天看到邮寄过来的录取通知书,我和妻子悬浮的心终于落下了。尽管不是什么重点大学,我们一家也很高兴。随后,我和妻子就开始筹划送孩子去郑州上学的事宜,她早早就给儿子准备东西,大到被子,小到袜子和剃须刀,那真是细致入微,行李整整带了两个拉杆箱。

九月七日,清晨六点。初秋的风,灌进衣领,觉得细细凉凉的。

坐上车,很快大巴车行驶在高速路上。车窗外,树木林立,绿意逼人,秋味一段一段地从眼前闪过,乘车接近三个小时的路程,就到了郑州。下车后,艳阳高照,天气依然有些热,有一个要好的同学开车来接我们,于是很快到了学校门前。看校园里有很多外地来报名的新生,几乎每个新生都有父母来陪送,真是家长们比学生还要多。

他看着携带的行李,我和妻子在高年级学生的引导下,填表、交学费、书费、住宿费,很快办完了入学的手续。

我们一家走在通往宿舍楼幽静的小路上,两边绿化还好,一切都是那样新鲜、好奇。有宽阔的足球场,有学生食堂,有小超市,还不时地看到和我儿子一般大小的男孩、女孩朝气蓬勃的身影。我们走到前边的转角处,几栋宿舍楼尽在眼前错落有致地排列着,他的寝室在五楼,走进室内,看着大概有十几个平方米的样子,有简单的卫生间,有三张高低床按顺序摆放着。妻子很快给儿子铺好了床,我把被子以及生活用品放在床边的柜子里。这时有几个新生和家长陆续进来,我和妻子给每位家长打了个照面,在相互寒暄几句,同时又给与儿子一样的每位新生说几句鼓励的话语,小坐一会,方才离开。

我们走出校门,已是午后一点多。

我们随即在学校附近找了一家比较干净的快餐店,一边用餐,妻子一边叮嘱儿子说:"看天气预报,郑州过两天就要降温了,给你带的有厚点儿的棉被在你睡床下边的柜子里,不要冻着,要吃好,要照顾好自己,往后还需要什么东西,你及时给家里联系。"我顺便对儿子也嘱托几句:"这是你人生新的起点,你赶上了多好的时代,以后在这里好好读书,我从未在这样的正规的大学念过书,做梦都想。"他说:"那你和我一起在这里念书呗。"我笑着说："你又不是'哆啦A梦'，能帮助我穿越时空，我手上要是有时光机就好了，让我倒退回和你一样的年龄在这里念书多好。"

下午在快餐店，我和妻子给儿子谈话很愉快。说话间，我不想让他过早地知道父母的辛苦和压力，只想让他好好珍惜这几年学习的光阴。

那天，我和妻子临走时，看着他的身影慢慢走进学校大门，我俩的心情难免有些惆怅。

我俩回来的路上，她说："儿子长这么大从未离开过家，第一次在外读书，不知是否能照顾好自己。"

那天回来，看天色已暗淡下来，走出站外，只见灰蒙蒙的天空下起了雨。

城街人影稀淡，只有落雨的声音和稀疏的车影，我俩一时没有找到出租车，当雨点再大一点的时候，我和妻子只好在商街小楼的一角处避雨。她又说："回来时郑州就阴天，这次送儿子上学想得这么周全，还是忘记给他带伞了。你看现在他也没来个电话，连个短信也没有。"感觉她对儿子的牵挂有些淡淡的失落。

雨，还在瓢泼地下着。突然有电话打到我的手机上，那亲切而又熟悉的声音，是我年迈的父亲。

父亲说："昨天，我忘记给你说了今天有大雨，你妈让我给你打个电话，问你俩在郑州回来没有？拿伞没有？孩子入学办得顺利吗？"忽然老父亲打来的电话，那会儿我心中生起一股暖流，眼里酸酸的，而我一时语塞，竟然不知道该如何回答他。

当我挂掉电话后，雨大颗大颗地落在我脸上，像哭了似的。而我在滂沱不止的雨中沉思着，下车后，只顾挂念自己的孩子，只顾想着他连一个电话和短信都没有，只顾自己有些许惆怅和失落，怎么就没有想到给自己的父母报个平安呢，而父母一个牵挂的电话，何尝不是雨中一把温馨的伞呢？老父亲在电话那头牵挂的声音，又何尝不是雨中的一束闪亮的光芒，多黑的雨夜也能照应你，呵护你，让你感到温暖和幸福。也只有那一刻，我恍然明白，有时我们牵挂孩子的心情，怎能不是父母牵挂我们的心情呢？

今天因他而生起不能忘却的往事怎能结束。而那些尽管如流的往事，每一天每一时每一分都可以回味依旧，可我每当想起父母对我们的那份牵挂都是那样的叫人深思和顿悟——终究给自己的生命里留下些什么呢？

是啊！两代人的牵挂就是爱。

这份爱，是温暖的爱，是贴心贴肺的爱，是不离不弃的爱，就像那晚雨夜急骤滂沱的线条，很美，很深，很长……

 暖

午后,我刚走进南院,就看到娘在冬季的石榴树下看着我说:"你这个时候回来,中午饭吃了没有?"娘将近八十岁的高龄了,她说话的声音没有以前那样爽朗了。我及时回应着说:"在外吃过了。"娘看着我再问,"你说啥?"我随即走近娘的身旁提高声音重复着:"我和几个朋友在外吃过了。"

我看着娘的嘴角泛着细细的皱纹和笑意,这时,我心中荡起一种暖意。

我拥随着娘一起走进房屋。进屋后,只见桌椅上有零乱的报纸,我随便拿起几份坐在有微微火苗的炉边,翻看着。娘看着我说:"这些天没有看到《周口晚报》登载你的文章。""哦!你每天都看报纸呀,字那么小,能看得清楚吗?"这时,我听到里屋有鞋子在地上拖沓慢缓的步声,那是父亲从卧室里走近客厅的声音,也是我熟悉的声音。

父亲说:"这些天电视新闻都在说因日本购买钓鱼岛的闹剧,促使中日关系很紧张,你娘听不见电视机的声音,她几乎每天都在读报纸关心

钓鱼岛的事。"

今天和父母聚在一起聊聊国家大事，再谈谈家常和工作，是温暖幸福的。

炉边，我和娘翻看一本发黄的旧影集——忽然在众多的光影岁月里看到她年轻时的一张黑白照片，闪亮的眼眸，洁白的牙齿，花一样的笑颜，扎着那个时代绸缎般乌黑乌黑柔软的辫子，真漂亮。光阴岁月——这是娘青春绮丽时留下的光影的印记。

我把母亲青春时代的这张黑白照片，一直珍藏在家中，而我每次看到都有不同感触的暖意。

娘看着我说："那年怀你的时候，我还在上班，突然肚子疼得要命，到医院生你的时候，是难产，你折腾了两天后，才哇的一声落了地。真快，一晃几十年就过去了。老了，总想和你们絮叨一些往事，说起往事啊，就想掉眼泪。"那会我恍然明白了娘的辛苦和娘对我们无我的爱与潮湿的眼泪。

冬日的午后，在炉边挨着娘说会话，守着娘说一些过往，再看娘看我的笑容，感觉特别的幸福。

屋外，那光秃秃的树枝来回地摇动着，再萧瑟的风，再冷的天，我握着娘的手，心都会贴着娘的温度特别的暖。记得有的时候，我午休睡在娘的脚头小憩一会，就如同我小时候睡在娘的身旁都是温馨香甜的。好多次在梦中，我看到一个孩童的身影，那个身影是我吗？是我，就是我童年时代的身影拽着娘的手，前后跟着娘半步都不愿意离开，快乐着，幸福着，温暖着。

我愿意一直守着娘，睡在娘的脚头，有娘在身边，我永远就是一个快乐幸福长不大的孩子。

天色将晚。

娘说："你在家吃晚饭吧，我给你做几个可口的饭菜，是你爱吃的。"

我回应着说："好的。"

娘看着我又开心地笑了。

今晚，我多想贴着娘的肩膀再坐上一会，因为那瘦弱的肩膀能传递给你很多温暖和幸福；我多想再抚摸一下娘的那双永远温暖的手，因为那种温暖能让你感触到是一种生命的循环。灯影下，我看着娘清瘦的身影，突然感慨起来！我和娘相伴四十多年了，我长大了，娘老了，娘还能陪伴儿女多久呢？见一次少一次啦，不是吗？想着想着，忽然眼眶溢满了泪水。

我每次临走时，娘总会说："儿啊，注意安全，外边这么冷，回家早点啊！"我每次听到娘这样给我说，刹那内心涌满了全是爱的暖意。

这种暖意，是家的味道，是娘的味道，是娘对我慈爱的味道，也是我一生一世不能忘记母子深情贴心贴肺的味道。

我爱这种味道，就是人间母子情深的暖意。

天真，永远不会老

"天真"这两个字，是单纯、朴实、善良、可爱等，也是一种与生俱来独有的气质。

有一天，天真会随着光阴的飞逝，爬满你苍老的皱纹，爬满你年迈的身影，但无论何时却始终得有一颗饱满天真的心。可是，天真不会随着光阴的流逝，不会有了岁月的增厚，老去，凋谢。只有生命有一天退出了这个喧嚣的世间时，天真才会与我们从此依依不舍深情地告别。

有人说：童年时的天真，是真天真，有好多梦想，不知道什么是深沉。现在有压力，不敢放松地生活着，低头前行，总有不确定，哪还有童年时天真的梦想，但心里总怀揣着一颗天真的初心。

我看央视董卿主持的一档节目《朗读者》，其中邀约一位嘉宾，是中国著名翻译家许渊冲老先生。许先生忆起20世纪30年代，他翻译成英文的第一首诗，是林徽因写给徐志摩的《别丢掉》。那个年代他翻译这首诗的缘故，是他心仪一个女同学，然后把翻译后的这首诗寄给了她。可是，许先生收到她在台湾给他寄来的信已经过了半个世纪。当他说到动情处的时候，忽然哽咽起来，泪水溢满了眼眶。他说："有时回忆爱情往事终究没有做成眷属，是一种欣赏，也是一种美。"

我在想，他的情感为什么还是那样的充沛呢？因为充沛的情感和热泪盈眶是属于年轻人的，而许先生已是96岁高龄的老人，可他那种有着年轻人饱满充沛的心态，于世俗而言，是一种苍老时情感充沛天真的美德。

有一天，我和姐姐去河畔散步。她说："人生真是太短了，太短了，还没有来得及好好看看这个世间，恍惚间一下子就过去，不用人催。"我说自己的鬓角，不知什么时候都白了，为了掩盖自己的岁月，那天你给我染的乌黑乌黑闪亮的头发，照着镜子看自己，仿佛一下子回到了青春少年时。可也只有"仿佛"这两个字能让人一时回到那时乌黑闪亮天真美好的样子。想想，就动心。

是的，人一到黑发里面有白发的样子，是岁月无情的流逝，是生活给予自己的真相。但天真不会老，永远不会老。

有位作家说："少年时的天真与苍老的天真相比，很幼稚。苍老时的天真施施然。"

我常在一些老年人的身上能感受到这种施施然苍老时的天真。

比如：清华教授金岳霖先生，当他八十多岁的高龄时，少年时的青春岁月，早已远去。一天有人拿着一张他从未见过的林徽因的照片请他辨认是否是她的时候，他看了许久，像一个少年求情似的对那人说："给我吧！"他那种貌似少年似的天真的心态，是难得的，是可贵的。老了，老了，还有一颗年轻人天真的心态上演着青春戏一幕。

金先生为一个美好的人——林徽因，一生未娶，而他心中一直住着一个泛黄的影中人，也一直天真安静地想着一个美好的人，是这个世间的大爱无言，大美情深，怎能不打动人心呢？

有一次，我和母亲闲聊时，她打开樟木箱子让我看她给自己做的寿衣。母亲慢声细语地看着我说:"是前年和你爸去苏州在一家绸缎老店精心挑选的。"我看着是古铜色的缎子,那颜色像深秋天一样显得深沉而厚重。从我记事起就知道母亲的针线活做的好,做的细致。记得那天母亲全情投入地穿上古铜色的段子上衣,一脸善目的样子,分外慈祥,分外耀眼。她给我说:"自己年轻的时候没穿身上什么好东西,哪天走了不能亏待我自己。"

忽然我不知怎么啦,眼眶湿润了,特别心酸,而母亲脸上的笑容却绽放出像深秋的菊花一样有着风骨的味道,一辈子辛苦,她带着满脸苍老的天真与从容的心态。她这样的天真与从容的心态,于我而言,是珍贵的。如今母亲已去了另外一个世界,但我总为她那份天真从容的心态,无数次地感动过,影响过。我年迈的时候要做我母亲那样的人,慈悲,善良,有尊严,与时间的对峙中从容不迫。于是,一路天真的老下去,看尽繁花,不再讨好任何人,只和自己一生一世爱的人,喝一壶天真的老茶,品一杯天真的咖啡,听一首天真的旧曲,在一起天真地聊天、散步,那岂不是不老的天真一直相伴我们左右。

有时,我这样一想,心里就觉得特别的温暖,老的时候,有什么好怕?有天真在你身旁,有天真在你的灵魂深处,因为,天真永远不老。所以,到那个时候,我们更需要与天真在一起保持对日常的热情和温度。因为,正好岁月时的热情和温度在一点点地减少,更要与天真在一起保持精神强度的热情和温度,这也是我对生活始终认为的一种天真热情的态度。

是啊,我们到那时会更从容天真可爱,不是吗?

我一直认为自己成为不了那种特别深沉的人。才会有朋友这样说我,你都这么大了,有时聊起天来,还是那样的天真。其实,我特别喜欢他们这样说我,总觉得对自己是一种莫大的褒奖,因为我每次听到这样的话,反倒感觉自己是一种渐渐把内心丰盈而简单的天真。

有时我在想，生命不是你在时间里活了多少日子，而是你与天真在一起幸福快乐了多少日子。所以，人到什么时候得有一颗天真素色的心，把它放在清澈的水中，是干净的，是透亮的，是深情美好的。我问自己，还有来世吗？如有来世，我还要活成现在这个样子，做这个世间最独一无二深情的男子，与不老的天真在一起爱每一天每一时每一刹那美好的不同。

　　我忽然感觉自己由内而外发出的笑容，闪烁的眼神，明亮跳动的心，仿佛它们都在天真地看着我。是啊！我喜欢它们与生俱来的那种天真的气质，我更喜欢它们热爱生活的那种天真的态度。山河岁月，我愿以最真诚的姿态与不老的天真始终在一起成为一辈子的知己，与不老的天真一直牵手相伴相互温暖。你只要活着，我永远爱别具一格又简单又朴实又丰盈不老的天真气质，一生一世与不老的天真永不分离在身边在灵魂深处，一直爱到天荒地老，一直爱到对生命厌倦为止。

　　天真，永远不会老。

时间呀，时间

　　说起时间的归宿，有一种沧桑感，我似乎从来没有见过它真实的面目，我似乎从来没有看到过它是什么样的颜色，我一路走来的本身难道就是时间的缩影吗？记得我每次回家到南院，在午后慵懒的阳光下，总会看到邻家的一位接近九十岁的老婆婆，老人坐在竹椅上每次看到我就会向我微笑。那邻家的老婆婆慈眉善目的笑容，是否就是时间的真容呢？

　　时间，它认识我吗？

　　不，它从来不认识我，但我认识它很久了。

　　时间，是它曾经让我没有惆怅的童年充满着快乐的天真，坐在屋檐下，看雨后的彩虹，看满天的星光，经常遐想着浩瀚迷幻的天空到底是什么样子。是它曾经让我在鲜衣怒马的少年时代，看着窗外想象着外边的世界。很多次，在我写文字的时候，几乎把时间忘了，一旦落笔，它像长了翅膀，从我落笔的手上飞去，从我的眼前飞去，从我的身后飞去，从我的心中飞去，全是轻盈的。一到深夜，它又像长了脚，会轻步走到我的床边，会悄然走进我的梦里——陪我在梦中一直到黎明。好多次，醒来，总会茫然若失，看它从我的身边走过，看它从我的床前飞出窗外。可我深深地知道，它一旦从我的身边走过，一旦从我的床前飞出窗外，便不会复返了。只觉辜负了它，轻薄了它。因为，我怕，怕自己配不上时间所给予我的或好或不好的每一时每一分每一秒的光阴。

那些不好的光阴，只是我们人生中的一部分，它考验着我们每个人的坚强，懦弱，品质和智慧。只有忍耐住时间的人，最终能看到时间转化成给我们的温暖和快乐。

有一天，我在一本影集里看到自己以前的旧照片。

黑白片。

那些黑白片。正是自己少时叛逆的年龄，瘦瘦的，留着小胡子，穿着干净的白衬衫，骄傲的眼神，满不在乎的样子。无意的翻看，有泛了黄淡淡的味儿，忽然有很多东西从黑白片里流了出来——是那些叛逆的时光，仿佛那一刻我和我少年时的叛逆的时光相遇了，相互凝视，相互微笑。也是那一刻，我把那些像电影一样记忆的时光找了回来。时间呀，时间，当我有一天再次遇到挫折和迷茫时，我会乘着记忆的时光机——再次找你，让你告诉我，那个青春骄傲从不怕挫折有梦想的少年，是我。

我一直相信少年的时光，存在另外一个时空里，它并未消失，觉得时光机是存在的。偶尔，当我看到黑白片流出的那些叛逆骄傲的时光，刹那间，那一张张黑白片，就是我的时光机，它可以让我看到那一年那一天——在春天的河岸边弹着吉他穿着白衬衫的我，清瘦的脸，什么都听不进去的样子，还有月光的颜色，风的味道。可我必须向它承认，我再也回不到那时的样子，看不到那时月光的颜色，闻不到那时风的味道。那些不可能再复返的时间，是无情的，好在它能让你看清楚一些人，能让你悟透一些事，能让你懂得人间的疼一疼，痛一痛，还有许许多多。这一切都是无情的时间给予的，而它却始终不发一言，保持浩大的沉默，一直往前走。最后，你会发现时间本身就是一位智慧的哲人。

是啊，它始终不会为我们停下脚步，哪怕一分一秒。

这个世间所有的东西都会走到尽头，唯独时间没有，也唯独时间和自己不离不弃。于世间的任何人一样，它曾经给你过童年天真的光阴，也曾经陪伴你过鲜衣怒马的青春，它给你人间的情谊，也会让你看到四季的花开花又落。可它也会让我们年迈时给自己留下一些无可奈何的叹息，最终留下的是我们在往日的时光里——那些曾经的欢笑，深情，忧伤，眼泪。欢笑，深情，忧伤，眼泪，会以不同方式活在身边或不在身边的生前的一些人的心目中。那些美好的人和我们一样，最终也会远去。

唯独留下时间。

所以，时间会扔下这个世间的所有东西，所有的事，包括我们和他们，然后会无情的扬长而去。但沉默无情的时间会告诉我们每个人的身上都有天真与天使，都有真诚与善念，都有青春与衰老。

时间呀，你呀你，真美好，又真无情。

我们惧怕在时间里看到自己最终的真相是与生俱来的，因为惧怕它给我们带来满脸的皱纹与发如霜的年岁。所以，我一直用我深情的内心和时间纠缠较劲，这只是时间暂时愉悦了我的身体，我的精神，我的灵魂。没有任何疑问，我自己本身与它纠缠较劲到最后也逃脱不了被时间的吞噬终究会落败。可我知道，时间会丢掉这个世间的所有人，所有事，但它不会丢掉照耀我一身光芒深情的文字。

我真羡慕时间永远是一个天真快乐的孩子，永远是一个鲜衣怒马骄傲的春风少年。因为时间永远都是那样的天真和青春，不会老。

我起初从河的此岸被时间一步步拉到河的彼岸。回头再看，仿佛只是一个刹那恍惚间，转眼就是小半生，可我的时间都去哪儿了？

我想起儿子小的时候，那时他寸步不离跟着我走，我把他当作自己身边的小朋友。看他一天天慢慢长高，当个头渐渐超过自己的时候，我把他当作自己身边的大朋友。他大学毕业后去上海工作。今年三月去看他,在繁华的城街边,在地铁的走道里,在春水荡漾的湖畔,在盛开的樱花小镇,我紧跟着他走,看他每次向我微笑美好的样子,儿子,不就是爸爸的时间吗。

是啊,时间都在他身上了。

傍晚,风雨敲打着窗棂,我知秋天又来了。我要珍惜任何一个秋天的光阴,所以,买上一束不畏秋寒的黄菊,插在老旧的花瓶中,在寂静处,在永远不老的时间里,一个人独自赏来独自看。在每一天每一时每一刻,我陪永远不老的时间,向它一样天真骄傲地往前走,在这个时代里用我自己最单纯的写作方式,永远拥有在文字里美好的梦天性,到终老。

第二辑　情调

　　我愿意对一切美好的事物低眉，我更愿意对喜欢的人低头。因了喜欢一个人到了痴迷，哪怕把头低到尘埃里，心里也是喜悦的，这种喜悦，是一种情调。

情 调

我喜欢"精神单身"这四个字,有种独立私密的空间,是一种情调。

我喜欢有情调的地方,我喜欢有情调的人,我认为自己也是有情调的人。

比如墙角里开出一朵花,看它与我一样都是有生命的个体,我不自觉地想给它打声招呼,说:尽管你开在墙角卑微的尘埃里,可我愿意向你低眉,因为你有一种不同寻常素清清的美。

我愿意对一切美好的事物低眉,我更愿意对喜欢的人低头。因了喜欢一个人到了痴迷,哪怕把头低到尘埃里,心里也是喜悦的,这种喜悦,是一种情调。作家李娟说:"人可以像植物一样简单的生活,内心从容而身体舒展。"这简单的从容与舒展是多少人一生向往的,怎能不是另一种情调呢?

那年江南深秋的季节,在周庄的澄虚道院,我见过一个留着银白胡须的老者,他不停地说着让我似懂非懂的话并向我招手,我停下脚步,安静地坐在这位目慈面善老人的身旁,只听他嘴里嘀咕有词算我的前世与今生，算我的生命有多长，说我的前程与未知。我想自己如若真有来生，愿意做一种薄凉的植物，在一处安静的地方简单的生长。你路过，不打扰，只是温暖地说，哎！你也在这里呀，我与你前世好像见过，我淡淡一笑，再与你默默相望。

你说，我笑。你我彼此默默相望，多有情调。

我喜欢我以前的文字里有自己少时的身影，或多年前自己的一张黑白老照片，惊喜呀，全都缠着一身念旧的气息，就像一面镜子看到另外一个自己，喝一口茶，无言地感慨着，像昨天，又很遥远，一转身，这么快，这么快，原来我已走到黑发里面有白发的日子，但我仍向往少年时炽热的青春，那会眼角有温湿，我感觉自己特有情调。

我在南方待过几年。一到雨天，我喜欢邀约三两知己去茶馆喝晚茶，一直聊到天昏地暗，分开时，雨还在下着，落的缠绵，落的有味。那会儿雨下得恰恰好，夜深得恰恰好，我一个人走在深夜里无骨的雨中也恰恰好。我喜欢那种在雨中漫步恰恰好的情调。

一个人的安稳与寂静。

前年早春，我去杭州看孤山，造访一个古人——北宋隐士林和靖。

初春寒，满山的清寂，我与孤山相视而对，满山的禅意，我与冷梅相依小坐，满山的清寂，我与那位北宋的隐士默默倾谈，转过身，还是一片寂静。到现在我都记得那天我的孤独——孤山知道，我的寂寞——寒梅懂得，不知我的造访，那位北宋的隐士是否在等我。

杭州孤山不沾染一尘凡俗，那里只有浩大的沉默；那里只有博大的安静；那里只有满山的禅意，也满足了我多年的心愿。

那天的傍晚，我临别杭州时，再看那座云烟般的名字——孤山。孤山不再孤独，古人不再寂寞，因为西湖的对岸已是昨天。

我喜欢孤山没有喧嚣的情味，不如说我喜欢自己孤寂的情味，因为寂寞和孤单是一个人的。所以，我喜欢那种自己一个人去杭州孤山有薄凉的温度,那薄凉的温度,也是一种情调。记得那天有一朵薄凉的梅在我下山的石阶上好像一直在深情地送我,亦是一种情调。

总之我认为自己是一个有情调的人。

前天周末,我去好友家。其中一个朋友,说:"今天我们小聚在一起多好呀,有弹琴的、有唱歌的、有写作的、有诵读的。"我欣赏着满屋子里幽素的琴声,怀旧的歌声,还有深情的诵读声……仿佛整个人被满屋慵懒的小情调裹在温馨的小屋里,那会儿非常舒服。

那天,自己很颓。我不认为"颓"是一个不好的字,有时颓,是一种慵散格调的雅。

他娴熟弹钢琴的姿态雅致有调——似乎弹满了一个人的心情,可那满屋幽素的琴声,仿佛能让人听出窗外的风声和远意。她怀旧的唱音——似乎唱满了一个人化不开情绪的心思,或许那化不开情绪的心思的唱音,就像万朵桃花跌入山谷里的那种空灵。她诵读我的一篇散文《亲爱的远方》,她优雅的诵读声里有我往日在远方的旧事,而她缓慢优雅的读音,就像一杯浓郁的咖啡又温暖又有味。我端着一杯红酒站在琴旁,在对的时间,在对的地点,在对的人面前,我与几个有才情的知己好友,说到文学,满心欢喜;聊到音乐,满身温馨;谈到诵读,满脸动容。那会儿我与他们说话的语气,愉悦而散漫,非常有情有调。

有时,刹那情调一旦出现,能让人由内而外变得优雅而从容,感觉特别小资。那优雅且从容小资的情调里,有慵懒的美意,有浪漫的气息,有人间的情谊,亦有天地光阴的深情。

有时候,情调和钱没有多大的牵连。

我想起自己年少青春时与那人走在夜色下,笑声在幽静里,牵手在月白下,感觉彼此总有说不完的情话。永远记得我与那人最浪漫有情有调的小时光,有纯洁爱情的温度,有单纯的小情怀,多温馨,多私人,想想就怀念,就动心。

小禅说:"情调这东西,也会和爱情这东西一样,泛滥成灾,不是没有可能的。"

我想那泛滥成灾的情调，定是满的，是雅的，是粉的。谁不喜欢这个世间，有锦上添花的小情小调呢？

我在网络上看过一句话："我需要有人陪，真的需要有人陪，不傍大款，我就是大款。"这句话特别有情调，感觉充满了暧昧且神秘的味道。

我喜欢在大年三十的晚上，一个人头顶落雪走在大街上，很安静，忽然在满天纷飞的雪夜里大喊一声，刹那能把自己一年所经历过的痛与乐都喊出来。尔后，我再哼唱两句走心的歌，那会儿以为自己非常有情调。

我喜欢安静，一直都喜欢安静。有时我在安静里抽一支烟，发发呆，沉思一会，也是情调。

有人说，情调真是仁者见仁智者见智的东西。

那年初夏的一天傍晚，突然我想念朋友，不管不顾的我一个人在徽州屯溪坐上夜行火车就去了，到了另外一个南方的小城已是深夜。灯影下，泡一壶金骏眉，名字真俏，就像一位娇嫩嫩采茶的姑娘似的，我一直向她低眉，看着妩媚，闻着柔和，喝上一口，香啊！那滋味缠绵在舌尖上，像昆曲的小调调要人魂的味道。那味道，能让人品到尽兴，能让人喝到茶静，简直可以温馨一个初夏雨中的深夜，但简直不像在品茶，感觉那娇嫩嫩要人魂的味道能让人品到薄醉，好似民国年间鸦片馆里的小迷香，包绕在唇齿之间像调情，有说不完的情话和蜜意，也是情调。

那天深夜，我与同好知己围桌品茶，说着彼此心中三分事，有欢喜，有往事，有人间的情谊，真是红茶宜配，亦是情调。

有的情调，不可说。那风花满枝下的人需要解释吗？那情到深处花靡尽的人需要解释吗？那困在城中的人想念另外一个多水的小城需要解释吗？

有的情调，更不可说。

比如那满身心裹着一把忧郁的潮湿，能让人重复持续地动荡与不安，有毒。

旧光阴，像烟花一样凉

这个秋一天一天的深了，深得就像我墨绿色的绸缎子一样抖动的那点寒凉。可是，谁能拽住深秋天像我墨绿色的绸缎子一样寒凉的衣襟呢？我如若能拽住让它在我身边停留，那该多好，不然再往下深去就到冬了。我不喜欢冬，一年四季，我独喜秋，就像那天我与几个知己好友在一家茶馆小聚聊天时，忽然听到有几个小女子的喜气安稳的笑声。那笑声，有薄凉的温馨，有深秋的温度，总感觉有那年那月那日的旧光阴。

下午时分，深秋天的时间也一点一点地往深处去了。这样的时间，我一个人坐在书房里很安静，写一些文字，想想旧光阴，是一种享受，真好。

多年来，我对自己创作的每一篇文字，几乎是一种追求完美的要求。譬如：我有时写一篇文字，是败笔，我便把它作为文字垃圾扔掉，或者修改重写。我这样追求完美写作的心态，一直保持到现在，没有办法，我一直都是这样。

有时，我想写点文字又写不进去时，不再坐在书屋的电脑旁，不再写字。于是，泡上一壶有着旧光阴的普洱老茶，看着老陈茶冒着热气，读一会沈从文的书，听一会姜育恒的那首旧曲《情难枕》："如果一切靠缘分，何必痴心爱着一个人，最怕藕断丝连难舍难分……"

我少年锦时听这首歌曲的时候，总会想象着找一个心仪的女孩——谈一场刻骨铭心的恋爱。现在听着还是那时柔情绵绵的声音和曲调，尤其是在这样的深秋天，怎么会唱得这样感伤呢？刹那绕到心里反而会生出一种隐约的不安，感觉每一秒每一分的唱音呈现的都是往事的旧光阴。

一到有空闲的时间，我一直喜欢到处游走。特别是一个人独自去旅行，仿佛那些地方自己的前世都来过，总觉得又熟悉又亲切。

比如那年我去徽州，完全是因为这两个字读起来有中国江南旧光阴的美感。因了这两字有旧光阴的美感，在徽州的西递，宏村，我每走一步，每看一眼，总有似曾相识的感觉，忽然也会生出好多异于常人的灵感和文气，总感觉内心有无限的潮湿和迷离，又有无限唯美的凉意。

有时，想起我一个人旅行去过的那些地方的旧光阴，虽然是那么潮湿，那么迷离，那么唯美有凉意，但它总是直抵人心。

在故乡山西，我家的庭房院，是明末清初的一座老院子。老院子里有间老房子，是父亲和姑妈童年时居住过的地方。我每次回山西老家看到那幢老屋，总感觉还有父辈们的欢声笑语的旧时光。记得那间老屋的墙脚下生出许多老绿色的青苔，有禅意的颓唐，是那么凉，是那么旧。当然，也记得我少时喜欢的一个人，是那种莫名的喜欢。我每次看到她放学时的身影，不安如兔的心，是完全地自我陶醉。那时我暗恋一个美丽的姑娘有陶醉有惆怅，现在想起反倒是充满了一串串唯美的旧光阴，无可比拟，也是那么凉。

少时，我喜欢一本书，也是让我感动过无数次的一本书。那本书是林淑华写的自述传《生死恋》。记得那本书中的字字句句饱含人间真情与血泪。那时我十六岁的年龄——简直为那本书中发生在20世纪30年代的上海,她和一位有理想,有抱负,志向远大,出身贫困之家的热血青年徐惠民相恋的坎坷爱情故事发了疯。

那疯,也是我的旧光阴,是凉的。

上高中的时候,我住校。一到晚上九点校门就上锁了。记得那年的寒冬天,我们四个男生和三个女生经常跳墙出校外,大雪天,寒冷彻骨的风扑打着脸,玩呀,疯呀。好多次在一片荒野的星光月夜下,我们在厚厚的雪地里不知疲倦的快乐地去追赶几只野兔子,是那样的痴和疯。现在反而想起,只有青春锦时才会那样的痴和疯,是不可复制的痴和疯的青春美。那时总以为那样的时光很厚很多,转身,不自知,薄了,没了,就成了旧光阴。有时,我回过头来再看那年的寒冬雪夜,这么快,就这么快,那些不可复制的旧光阴里的痴和疯的青春,全都在那恍惚过往的刹那了。也是凉的。

旧光阴,是凉的。仿佛那凉摸上去有一种婉约的美。因为旧时光干净又美好,知道什么是你的,什么不是你的。

旧光阴,也是一种怀旧的风情,无人能抵。

深秋夜,我依然听着姜育恒在好多年前唱的那首老歌《情难枕》。

一个人在深夜听的时候,再喝上一口老陈茶,奇怪的是,可以听出莫名或不莫名的眼眶的潮湿来。我贪婪地听着,这会都舍不得睡,这忧郁又唯美唱音的速度又慢又伤,听着,听着,感觉自己像吃了微量的鸦片,一下子击穿你的,是最清美的旧时光。其实,那些旧时光早就把它好它不好的东西修炼在自己最柔软的内心深处了。

我终究还是困了,困得像秋风一样的慵懒,不知不觉听着听着就睡着了。我忘记把耳麦拿下来了,这忧郁唯美的唱音一直在耳边持续不断重复地唱着:"如果一切靠缘分,何必痴心爱着一个人,最怕藕断丝连难舍难分……"

这声音在耳边回响着一种情感的独白——到底。

我睡着了——这情感决绝到底的声音,也不知道了。不知什么时候,我还是被这首老歌富有磁性唯美伤感的唱音弄醒了,我也不知它唱了多少遍……

醒来后,我看窗外早已浮上中天的月亮更是好,亮亮的,大大的,圆圆的,好似一盏照夜白,投影我,照亮我,也照亮了万籁寂静的人间。我顺势倒在床边又睡着了,而归梦在我枕边的旧光阴,是一种柔软和蜜意,是一段唯美干净的小时光,也是一个青春时的小妖,亦是一份最深情怀旧的心,它也睡着了。

深秋子夜,窗外的风吹着那些它好它不好的东西,永远不会再来了,全都不会再来了——仅仅因为,那时,就是那时的旧光阴。我知道,旧光阴永远回不来了,可是,存放在我心底最深处的虽然是那么凉,一定都是最美好最闪亮的旧时光。

那些过去的旧光阴,又唯美又潮湿,像烟花一样夺目的凉,真凉呀!

鱼的眼泪

傍晚，我从外地回到家。

明儿说："爸爸，你走后没几天，有五条小鱼儿一个个都死了。你看，只剩下一条鱼了，也不知道为啥，是不是那几天太热呢？"

是吗？我反问。

刹那我茫然了起来，想起与它们在一起相伴快乐的小时光，仿佛一下子在水里沉沦了、淹没了。

今晚灯光照进来，投射在水里，照在这条洁白的鱼的身姿上，更使它显得格外孤独，它孤独地游着，就那样孤独地游着。那孤独的气息在水中游过的曲线，是寂静的，是冷艳的，是唯美的。它就以这样的方式把所有的孤独都深深地藏在水里，包括冷艳和唯美，包括寂寞的心思。

我越是这样安静地看着它，越是感觉它整个洁白冷艳的身姿都散发着孤独的气息。

是啊，孤独的气息是有体积的，它以很快的速度，每一秒每一分都在繁殖——你以为它走了，它却无时无刻不在。鱼在小小的空间里无形的萦绕着你，深情地释放着自己的悲和喜，全是它吐出的泡泡，一个挨一个，一个接一个露出水面，仿佛流淌着一串串孤独的眼泪，是干净晶莹的，又凉又颓。

你看，它孤独地游过来，刹那能让你整个人心仿佛都被它干净的眼泪给裹住了，感觉能生生把人的魂儿吸进水底。

灯下，我翻看着萧红的文章，书中的文字整齐排列在一起都散发着孤独的凉意，句句血泪，字字真情。她不臣服于命运的安排——她怀着孩子，逃了出来，等待着萧军来搭救她。她四面楚歌，却很坚强。读萧红的文字，揪人心魂，就像这条鱼似的。鱼的眼泪，有孤独的美感——它独自承受着悲与欢，就像人一样，我们穷尽一生，不过也是追求人间的真情永恒。

今晚，很奇怪，忽然生出一种奇妙的情怀，是那种必要与那一串串眼泪缠绵交集的情怀。来！亲爱的孤独，来！亲爱的眼泪，来！让我抱紧你，是你让人知道了孤独的眼泪，是饱满的，是唯美的，是坚强的，也是你让人看到了这一串串眼泪里面都装着优雅的孤独与情深。我知道孤独也是人类的本质，没有哪个人说我不孤独。可是，今晚是你教会了人高雅的孤独，是你教会了人不辜负此生有价值的孤独。

夜晚，仍然是闷热。

我一个人独自走在街边散步。忽然，天空下起了雨，那大颗大颗的雨滴像鱼的眼泪似的游到了我的心里，缠绵于内心深处。内心孤独似鱼。而雨滴似鱼的的眼泪，也映衬着自己内心的孤独。

我在想，人是一条终生游在无间的鱼。我们活着所历经的种种孤独和劫难，无论悲喜、屈辱、不安、误解，都必须要学会像鱼一样保持孤独唯美的格调，必须学会像鱼一样在流着眼泪的状态下，依然保持孤独高雅的沉默。保持孤独唯美的格调，保持孤独高雅的沉默，那需要在日常的生活中修炼内在的定力。犹如一朵小花，花开花落，是最自然不过的事了。花一定知道，只要修炼自己，哪怕是在卑微的尘埃里也能成禅、成花，成为一朵与众不同最美的花。

雨中，我燃上一支烟，一个人独自享受着优雅的孤独。有风，有树影陪伴。有雨，似鱼的眼泪滴在心里，多高雅沉默的孤独呀。

我在雨中保持沉默，不发一言，而内心边走边唱："在雨中身旁有树影，大街上小巷中到处雨蒙蒙……"

雨中，内心孤独似鱼。

而雨滴似鱼的眼泪，又映衬着自己静养静心不辜负人生价值优雅的孤独。

又美好,又短暂

　　我得以栖身的地方在小楼的最高处,屋室内,有凌乱的茶烟,一个人是自由的,是简静的。

　　我趁着这份自由安逸的简静阅读安妮宝贝的文字,看得出她读过不少书,包括哲学的,还有美学的。我读着这本线装旧书时,忽而看到书中飘来一片黄昏的云锦,满天云锦下,有一汪清澈的湖水,湖水上有几点小舟,有郁郁葱葱的树林的倒影,有春鸟飞来飞去娇俏的小身影,有人影晃动和美的事。刹那书中又散发出一抹沉迷嫣红的味道,只见它从书中轻轻地折身进来,再恰到好处地涂抹在我脸上,我衣服上。不觉间,它又小心翼翼地移步到书房的墙壁上,生怕惊扰了谁似的。

　　我把自己陷进了宽大的沙发里,默默凝视那一抹沉迷的颜色,它由亮转暗,由深转浅,到最后只剩下似有若无……

　　我想问:那一抹沉迷的嫣红,它在书中怎么就会辗转地来到我的书房和我的身边了呢?

　　我沉默一会儿,再喝上一口凉掉的茶,听一首黄昏的歌。那些美好的景象再次在我的眼前浮现着，很美，很幽静，很优雅，很有趣。我在美好的景象中，看到一个好的故事。

在黄昏水天朦胧中，我看到书中拉开黄昏大幕的刹那，忽然向我走来一位穿着一身粉色裙衣的秀美女子。她像春天里的樱花一样粉，感觉她整个身姿粉得要露出一滴晶莹的水来。她走起路来深情款款，一派自信小资的气质，我一眼看上去，仿佛能看穿她身上所有黄昏里的秘密。我低头抬头的瞬间，她以一个优雅的舞步的转身给你迷人一笑，忽而百媚全生，艳压群芳。看她端庄迷人的笑容有情有义，全都在她含情脉脉的眼睛中飘滑，吸引，异于常人。那一刻，我满身心全是迷醉，谁看了都会动容，能给你一种在春天里温馨的和谐，又能给你一种在春天里不满足温馨的和谐，让你又心悸来又心动。

最为惊奇的是，那似有若无的一抹耀在她的眸子上，是金色的，很美；耀在她的脸颊上，是胭脂红的，很艳；耀在她的脖颈上，是婴儿白的细腻，很有光泽；耀在她的背影上，全是光彩夺目的，很靓丽。

不一会儿，我眼前的那些美好的景象，全都渐渐地沉寂了下来。云锦、嫣红、湖水、小舟、春鸟、树林，晃动的人影和美的事消失了。我转过身，再看向我翩然走来的那位端庄秀美的女子也消失了，全都带着各自的美好消失了。是啊，一转眼，连我都猜不透，我眼前那些美好的景象和美好的人都一一跌入这本书无尽的浅蓝色的天空中，在浅夜里全揉成碎末，刹那了无踪迹。

这么快，这么快，就没了，看着就心醉，就心疼吧？

是的，我看到的那些美好的景象和美好的人，是短暂的，特别像春天。记得新区的小路两旁才觉得满树粉色的樱花刚开，我迫不及待似地倾诉着对樱花的渴望，刚走过四月中旬，转眼就一地樱花飘零，春天就尽了——好日子似锦就那么短暂，满地飘零寂寂地让人无所适从。那一地飘零的樱花最粉的那朵，似那个穿着一身粉色裙衣美少年般的女子，黄昏还是好好的，转眼就分手了。美而短暂的东西还有青春——别以为青春在你最好年华的时候，很长，很长的，就可以任意地挥霍，待到想珍惜的时候，就像卤水点豆腐，很快，很快的，转身已到了中年。爱情也是一样吧，又美好又短暂。不是有人说：那长到一生的爱情一定是亲情。

　　黄昏水天朦胧中，我看到的那些美好的景象，还有比一天云锦还要美的那个婉约媚到骨子里的人，是这本旧书中所有美好的黄昏里最具有魅力的那一部分。那一部分散发出的迷人的味道，总是与自己的身体最脆弱的某处的神经有关，总是与自己最敏感的情怀有牵连，让我自由自在地迷恋在这本书中。尽管那些美好的景象和美好的人，很快散了去，很短暂，一如春天。我想，只要珍惜，我相信这一切好的景象和那个美好的人，在我眼前从未消失，美好，幽静，优雅，有趣，我一一能看见，我一一能知道，全在我浓烈光芒的眼里心里。

　　在书房，我听着李小平的歌《遇见美好》，"第一眼遇见，遇见了美好，阳光洒落，捧在手心，第一眼遇见，遇见了美好，像一阵清风，拂落心田……"忽然我想起一句话：我们一生有很多又美好又短暂的时光，能记住的，到底有多少呢？所以，我默默不止一次地告诉自己：在你日常身边所有好的人和美好的事，与你都是有缘的，要珍惜。

　　不然，哪天刹那一分神，就会找不到了，找不到了。

闲情与安稳

五月中旬,我一个人来到洛阳办事。

两天后,我从这座古老的城市匆匆坐车去下边的一个小山城——栾川。

下午,我一路看车窗外的流云慢慢漂移,远处,群山闪过,看房子静静地坐落在湖边,有炊烟从房顶上升起,拉长,散去,然后在蓝天之下闪过,在清亮的一汪湖水上闪过,当两旁逼近眼前绿色的树木都闪过的时候,才知渐近黄昏铺泻着最后一层斜阳来到了目的地。

我喜欢看车窗外那一段一段闲情与安稳闪过的时光。记得那年在徽州屯溪的一个夜晚,我突然想去杭州,不管不顾退了房,坐上夜行车就去了。在夜行车的路上,我看车窗外星光点点闪过的夜晚,我想着再去杭州,感觉内心有无限的唯美。那天临别杭州时,是在一个雨天闲情安稳的午后,感觉内心有无限的潮湿与迷离。

我一直认为自己是一个特立独行的人,因为我喜欢一个人无拘无束闲情与安稳的好时光。

我来到小山城,随便找一家简静的旅舍住了下来。

我随时打开电视闲情地看着，总感觉没有任何节目吸引自己——便任其播放。这时我用手机上网浏览自己的网页。偶然，看到我姐写的一篇文字《第八天》，一时觉得题目好奇便去阅读。我一目读起她满篇通透的文字散发出的全是酒的滋味，她感激着酒，她厌恶着酒，而她又深深地眷恋着酒。阅读中，我感悟着她写的这篇文字中——全是因酒生出的另外一种不同寻常的滋味，这会儿我把客舍的周边给忘了，我把眼前流动的时间给忘了，我把自己也给忘了，感觉眼前的时间好像都变得"寂寞"了，感觉自己也变得"寂寞"了。

我实在按捺不住被这种寂寞入侵的小心情——便起身闭门走出这家小客栈。

傍晚时分，我出去溜达，没有固定的线路，不知道该去哪，是那种漫无目的，随心所欲，脚随心移，盲目的乱走而已。

有时，一个人乱走很有点意思。

这条小街不宽且显得干净，看自己的身影在灯光角度变换的投影下，忽然变得清静起来。很快身影和树影叠加在一起，一时显得很深沉，又觉得什么都没有了，刹那缥缈虚无，了无痕迹，有种怅然若失被丢弃的感觉。不觉间，我走到另外一条小街，忽然眼睛一亮，看到一个用餐的地方叫"渔家小院"，只见渔家小院的门头上写有一行字，是引用曹操的大作《短歌行》其中的诗句做的广告语，"何以解忧？唯有杜康"。

我此刻说不上来为了什么，就想驻足停留在这家渔家小院，想喝上两杯暴烈的杜康小酒，来消除被一种寂寞入侵的小心情。我走进渔家小院时，就听到有招揽客人的亲和声音，刹那我心中便滋生出了淡淡的小悦。

这是一家简朴的小院子，只见四四方方的院落里有绿藤铺满了半面墙，能给你一种绿意悠然的光阴。

这个时间落座的客人，不算太多，他们在一起三三两两地坐着。其中，有两个美好的人彼此看着对方对饮杯中酒，饮出了人间的蜜意，喝出了美意的人心。那一刻，我羡慕得要死，总觉得这样的好光阴都让这两个美好的人占去了，而我只是一人独坐。是啊，这个时候最好的闲情与安稳，不过是和你心仪又懂得你的人饮上两杯小酒，哪怕一句话也不说，只是对饮眼前杯中酒，就像渔家小院的那两个有情对坐美好的人。

我独自小憩、小酌、小饮。喝了吧，喝了吧，一饮而尽，或许能与寂寞讲和，或许能和闲情与安稳的小时光独自清欢。

我是一个贪婪闲情与安稳好时光的人，可谁能记得这一时光的闲情与安稳呢？

也只有我记得。不，有一天老了我会忘记的，因为人在与时间的对峙中终究会败下阵去的，谁能记得这些？我仅仅知道的，是今晚唯有自己写下的字字句句能记得，是今晚唯有自己脚下的那一地粉白色的月光能记得，是今晚唯有自己的身边所有的时间都会一一记录着这一时光的闲情与安稳。

我走在夜色暮春的风中，这座小山城没有我一个同好知己，小山城也不知我，我也不知小山城微微灯火远处的那一方。忽然有风扑上我醉意的脸，扑上来，再扑上来，这时我想起了李清照的名作《声声慢·寻寻觅觅》："三杯两盏淡酒，怎敌他，晚来风急？"刹那又平添一份怅然落寂的心情。此时，我想唱李玉刚的那首歌《刚好遇见你》："我们哭了，我们笑着，我们抬头望天空，星星还亮着几颗，我们唱着时间的歌，才懂得相互拥抱到底是为了什么……"

我问风，我问夜，你知道我想为谁唱这首歌吗？

风不知道，夜不知道。多孤单——连风连夜都不知道我。我追问：风和夜怎么会知道呢？有的时候，那颗心，无须让风知道，无须让夜知道，为什么让风让夜懂你呢？自己懂得就好。其实，我要追问的是内心。我的内心不停地告诉我，在当下所走过的每一分每一秒都是光阴岁月与静好。读过胡兰成写光阴岁月与静好，这光阴岁月与静好在我眼里就是闲情与安稳。

有时，一个人在那种微醉下的闲情与安稳的小时光，真美，真好。

爱不尽,是最美的仙境

爱有尽头吗?

有多爱就有多疼,有多少次心碎就有多少次燃烧——别以为爱到最好时就到了尽头,然而,幽香再来,荼蘼再开,永远记得那个年少时的春天,那个夜晚,满天星辰,我与那人相依小坐似在梦里,偷偷看她,飘逸的长发,脸色泛红,全身到处都是最美的仙境。

我总爱把最美的仙境描绘成老旧的樟木箱子里存放的绫罗绸缎,在风和日丽的阳光下晾晒一番,这柔软的绸缎里面有扑鼻的香气,有爱不尽的味道值得终生记忆。

一到深夜,我知道那饱满有着温度最美的仙境来自我庞大的内心。我与它每一次的照见似潮水一般涌来,势不可挡,都会形成一种动荡温暖人的气息。那温暖袭人的气息,那么丰美,那么惊艳,却无可去处。我便把它铺排到我文字的王国里——任由它妖,任由它疯,任由它反复滋养着人间最好的爱情。

我常常是这样,一个人独自面对寂寞时——能把这个世间最丰盈的仙境写到黑夜里直到绽放出一朵最美的花来。我看着这朵花,是那么诱人,是那么妖娆,那会儿心情和这朵花一样是美意的。我常常是这样,一个人独自面对黑夜时——那会儿只为贪婪人世间最艳最让人心碎的仙境,写到底,还嫌不够,还嫌不入骨。其实,一转身,不自知,那些美好仙境的句句字字,已经酥到全身心了。

我总认为写着人间最好爱情的文字,一点都不浪费。因为爱不尽的文字,总会闪着奇异光泽的力量。那光泽,有温度,有幽香,明知是鸦片,是一个小妖,不要命地也要活生生地吞下去,甚至还怕不够,还嫌不满足,还说我要,我要。没办法,那会儿就像爱情来了,恰似春水泛滥,一定要吞下去,哪怕是毒药也要吞下去,从精神到灵魂,从不自知到发出胜似任何的声音都要把它吞下去。

爱不尽的灵魂更需要最美的东西来充盈。

最美的充盈是身体,是爱不尽的穿肠毒——不在仙境里死几次,怎知彼此的毒性呢?

爱不尽,忘不掉。原来,只要你心中怀着最美仙境的时候,那仙境就会回响,就会膨胀,就会有一把火燃烧的热度并发出动荡的声音,亲爱的,快来,快来,我在这儿,你看呀,你再不来,春天就要过去了。是啊,在这个世间,她恰好在那儿,你恰好赶上了,只有彼此遇见爱的那个人,心中始终种有的那一朵花,什么时候绽放,只有自己知道;心中始终放养的那一匹马,什么时候奔驰,也只有自己知道。有时连自己都不相信,这一朵花,怎么可以这样娇媚的绽放呢,这一匹马,怎么可以这样一往无前的奔驰呢,怎么可以一直这样呢?

爱不尽就是着了魔,那魔就是最美的仙境。

沈从文与张兆和结婚后,他一直称呼她是小妈妈,这是我迄今为止听到一个男人对妻子最美的爱称,把她比作自己最爱的母亲。"小妈妈",多美、多疼、多宠呀。我写到这里觉得身体就不行了,有种掉进最美仙境里的倾颓和迷离。

那天，我偶尔在电视一档综艺节目上看到已经六十一岁的赵雅芝。她走起路来仍有当年扮演白娘子的一身仙气的味道，还是风情万种，她身上散发出的魅力，哪有尽头，哪会枯竭，全身到处都散发着最美仙境的气息。有时想念一种仙境的气息，是神秘又熟悉的味道，只有彼此相爱的人才能闻得到，在风中，玫瑰花高贵浓郁的香气从远至近缓缓飘来，只有她柔软的发间才会有。有时想起一种仙境的声音，是温柔又甜蜜的味道，只有彼此相爱的人才能听出它永恒的真谛。

比如她看着他说："别再看书写字了，饺子做好了，不然等会凉了，就不好吃了。"亲爱的宝贝，你的发间，你的眼神，你的话语，你的唇齿间，你的一举一动，你的每一寸肌肤全开满了幽香的罂粟，你的心里也种满了漫山遍野的相思玫瑰——都是一个美妙的仙境。

这个世间最美的东西，全都是一个仙境。

谁不愿意对美好的东西低头，对这个世间的爱情亦是如此，甚至为一个人觉得把头低到尘埃里，心甘情愿做她一生一世甜蜜爱情的苦役都是值得的。

有一天傍晚，我在手机上看电影《周渔的火车》，巩俐扮演剧中的周渔，梁家辉扮演剧中的陈清。

周渔是一个在瓷器上画画的女人，她在火车上长大，而陈清是一个浪漫忧郁的诗人。周渔每到周末都会乘坐火车去看诗人陈清。在火车上周渔说："我现在明白了，其实爱人就是你的一面镜子，它能让你更加的看清自己。"其实那一面镜子，不如说，就是周渔最美的仙境。而陈清写给周渔的一首诗则说：

      她像一团流动的水气
      没有形状
      难以言说

不经意的舞蹈

逐渐地淹没了我

淹没了夜晚

也淹没了她自己……

陈清问周渔："你到底爱我的诗，还是爱我的人？"周渔回答："我爱诗人！我永远更爱诗人浪漫的灵魂。"

陈清与周渔的爱情，是他和她一步步浪漫华尔兹的舞蹈跳出来的爱情。那彼此一步步优雅爱情的舞步，仿佛是他那张阳刚热情的脸，仿佛是她那青春饱满的身姿。他与她一步一阳刚，她与他一步一婀娜，他俩彼此相拥相欢优雅浪漫在一起，看似浮生如梦，并不觉得有什么不好，只觉得这人生浮华一世，就应该有这一番最好的爱情——刹那间天崩地裂，单刀直入，非常生动，手起刀落，不给对方留有一点喘息的余地，他和她彼此优雅的舞步跳得柔软风情又惊艳，他和她彼此最美的爱情爱到耳热心跳又惊魂。

这个世间还有比为一个人爱不尽更幸福的事吗？还有比深爱一个女人愿意把头低到尘埃里更情浓更醉意的吗？

是的，什么都比不上爱一个人更甜蜜更醉意的事了。

那甜蜜的醉意，是这个世间最美最真的爱情，也是这个世间不离不弃爱不尽的爱情。因为，你最爱的那个人，是活色生香里最美的仙境，也是绝岸一处爱不尽的仙境。

我们的一生，总会遇到命中注定让你动心的那个人，如果遇到了，就应该珍惜。那么，就和命中注定那个花枝蜜意的人，在锦上添花最美的仙境里一起牵手飘呀飘，飞呀飞，一生一世不分开做永远最美好最深情最独特的神仙伴侣吧。

是啊，爱她，爱不尽，爱到死，是永远一生一世最美最独特的仙境。

忽梦少年事，与冷香情深

　　一到冬季，有雪的时候，泡上一壶暖胃的小红茶，喝上一口，一个人适合听雪，适合看落在冷梅枝上的心上雪，适合与雪在一起情深，更适合听齐秦的那首老歌《大约在冬季》。然后，发发呆，什么也不说，还是听雪。

　　如果有人问我，你真能听到雪的声音吗？

　　能听到。一直有声音，细细的，是雪声，是冷香的声音。这声音，不惊不扰，却惊人，不惊不扰是冷香，又惊又扰是人心。

　　冷香，这两个字，真冷，写着就想颤抖，看着就想惆怅。有这冷香，也是人心，恍惚刹那觉得这人心可以颤抖惆怅得飘起来。

　　窗外北风呼啸，那片冷香，不落别处，唯独落在我的窗前，落在我的眼里，落在我的心里。

　　我一个人看啊看，想啊想，冷香一来，就惊天动地。她穿着一身素色的白衣，晶莹、剔透、纯净、空灵，也有灵魂儿似的，在天空，在窗前，一直在飘，一直在细细的舞，有种说不出的性感和迷离，惹人亲近。

特别是在黑夜里，这纷飞的冷香自身有着耀眼洁白的光芒扑向了你——如何不情深！

这个冬季，一见冷香就倾心。

那纷飞的冷香啊，真是浩大隆重。这样的冷香，就像一个纯洁清凉凉的女子，拼了命地往下飘，往下落，往下跳，明知落下化为水，是死，因了那个爱，还要为了看知心恋人赶赴死的路上……

我一直徘徊在窗前，像个痴情的少年郎与那片冷香倾诉衷肠。记得我少时有一年的雪下的真大，放学时，我顶雪回家的路上，雪花在眼前飘舞纷飞，忽而扑在我怀里一枚小雪，只知道是冷啊。——往后在我青春来得正好时，才知道，忽而扑在我怀里的那枚小雪，是冷香，是战栗的细腻，是纯净的醉软，是你我彼此遇见时融化成一滴冰清的水隐忍不发声的疼痛缠绕。

雪天里的冷香，有清幽俱净的美，有禅静的清丽。

我一时站定在窗前，那香靠近了我，贴近了我，真是被冷香迷住的，只有我一个人。那香袭击了我，甚至使我不能动弹。我愿意在窗前把自己凝固在这片素白冷香的身旁，永远不动弹，永远在一起，与冷香情深。

我一生一世都愿意。

有人说：冷香是一种爱情的味道。

我喜欢那种味道，闻着能上瘾的味道，闻进肺腑，傲骨缠身，刹那能把那片冷香闻出是一道青春时的刻痕来；刹那能把那片冷香闻出是一朵冰清闪亮的白莲来，甚至刹那能把那片冷香闻出是一位裹着一身光泽素白美少年似的女子来。那一刻我着了迷，是迷死人的味道，是迷死人的光泽。那会儿我只觉得自己整颗心从低温到高温快要膨胀开了，让人心颤抖，让人心不安，让我与那片素白的冷香，一时说不出话来。

你怎能不倾心，你怎能不情深？

大雪纷飞之夜，窗外很快落了一地白茫茫，我一个人款款地走向那片冷香……

  我喜欢这没有准备的飞雪，我更爱这没有准备的冷香，来吧，来吧，与冷香从低温到高温一起牵手飞舞，欢快、热烈，是人的心。可是，我将要与冷香飞舞情深的瞬间，那片冷香在窗前不见了，消失了，醒来知道是梦。

  这个梦，我真舍不得醒来，还是醒来了，怎么醒了呢？

  我多想在这一场满天飞雪的夜里与那片冷香相拥相抱相承欢长睡不醒啊。

  醒来后特别迷蒙，是一片洁白耀眼的迷蒙。忽然想起人的一生，总会有一个人，不早不晚，曾经来过你青春年少时的身旁，或多或少留下过被那片素白的冷香划破手指疼一疼的刻痕。

  于我而言，那道疼一疼素白的刻痕，寒夜知道，雪懂得，冷香亦懂得，是我少时的一朵冰清闪亮的白莲在我眼前欢快地飞舞，也是我少时忽地一枚雪天里的小雪扑在自己的怀里融化成一滴冰清的水——是隐忍不发声的疼痛缠绕，亦是人心。

  今晚在梦里——有这枚素白的冷香，有这颗热烈且沸腾的人心，是寒夜里这一场浩大隆重的雪天里的小雪眷顾我呢。

  忽梦少年事，与冷香情深。

守望，一河浅水

我居住的地方自从入了冬季，窗外的这条河流，河水浅了，没有流动的河水，一直在瘦，像一个瘦弱的老妇人，没有了以往在春天艳阳的折射下，那一波一波饱满的胸脯和鲜润的脸蛋了，就如同一根细长弯曲的线条，一直向东的方向伸向神秘的远处。

这时窗外有叫卖的声音，我把耳朵贴近窗前去听，似乎听不清楚是从哪个方向传来的，只知道窗外的叫卖声，是从扩音器里传出的，是从城街疾驰的车流中、从来往的人群中蹿出来的，一直蹿到窗前。而我眼前的这座桥，默然着，沉寂着，俨然一个老汉在冬日的黄昏下打着盹，一副憨厚慈祥的样子，不再像春天里的一个阳光明媚的少年，不再像夏天里的一个生气勃勃的男人，更不再像秋天里的一个潇洒风情的男士，只有夜晚降临的时候，它全身披着霓虹光影的身躯倒影在柔弱的浅水里，才能显示出这座桥往日的风情。

我站在窗前，只见黄昏斜阳把对岸楼顶上的一处广告牌中的美女像倒映在水面上，就像是谁家的小女子似的，泛起一股色气，水中无痕，感觉隐在眼睛里有种说不上来的温馨。偶尔，我看到有一两只水鸟，似乎带着妒忌从美丽的画影前飞过，飞翔的风姿各有各的不同，各有各的飞相。

它们从哪里飞来的，又飞到哪里去呢？

我不知道，可我仅仅知道，那轻轻扑打一河浅水的小翅膀，一下子击中自己的，是一种守望不安的灵魂，而我在窗前必得按捺住自己不安的心，生怕被这一幕幕美好的光影淹没了自己。可是，再好的光影在冬日的薄夜下，终究还是要被它淹没的。

小楼窗外又来西风，两岸楼房的倒影，桥影，还有那妙不可言的画影，寒风掠过之处，全给它们一一增添了既灵动又美好的风情。忽然我把自己想象成一条银色会飞的鱼，或一只旋飞的水鸟，或一阵自由自在的风，这一刻迫切地想要和它们一样来到这幅美好画影的身旁，停留，照见，呵护。

画影，倒映在水中显得干干净净的，那女子红晕的双腮，像春天黄昏时的彩霞；那女子的一双明亮的眼睛，给你一种水灵灵的美感；那女子娇俏的身姿，更给你一种性感的美意，任河风一次次的拂来袭击，如此的饱满与起伏，足以动人，足以销魂，就像邂逅了一个猝不及防的艳遇。

我低头抬头的瞬间，很快眼前的桥影，房影，以及对岸泊着的两只静谧的小船，这一切美好的景象都被窗外的薄夜渐渐隐去，看不分明了。唯独倒映在水中的那个风情满满性感的画影，忽然被一团团浓雾裹住包绕，仿佛那个美丽的姑娘躺在浅水里像一幅江南素色的水墨画，优雅，美好，沉静。

窗前，当我再次看水中的这一幅画影时，那个水灵灵美丽的姑娘已远去。伊人远去，连一个身影都没有留下，刹那跟随这浩大冬季的夜色消失了，跟随这条瘦长的一河浅水消失了。而此刻，我在窗前仿佛徘徊在一河浅水的岸边，一个守望的男子想象着一幕幕美好的心思，只觉得用尽一生的时间让自己所思所想都不够。

伊人真的远去了吗?

我想起了一句话:所谓伊人,在水一方。

薄夜下,这条瘦弱的一河浅水,一切都归于平静显得那样的寂寥。

这一幕幕美好光阴的景昧,每天都在窗外短暂持续地重复着……

我喜欢在窗前守望一河浅水的日子,看黄昏斜阳倒影在水里渐渐暗淡;看水面上厚厚的浓雾再次浮起;看寒冬浩大的夜色缓缓降临;看伊人远去,在水一方。此时此刻,我似乎又听到了那两只水鸟轻轻扑打水面的声响,一如我美好的心情再次泛起的层层涟漪,渐渐的,那一波又一波美好的心情也归于平静。

有时,在窗前寻常的日子里,感觉又在不寻常的日子里,生出的那一波又一波美好的心情,不是安静,不是沉默,而是从寒凉到温暖到热烈的内心中,守望,一河浅水,让你在这个寒天的世界里深情地活着,优雅的活着,保持自己对这个世间一切美好的态度与样子,爱每一天每一时每一分每一秒,即便是短暂的,也要格外的珍惜。

是啊,这个世间一切美好的东西都是短暂的,像春天,像青春,像眼前刹那一去不复返的时间,一定要珍惜。

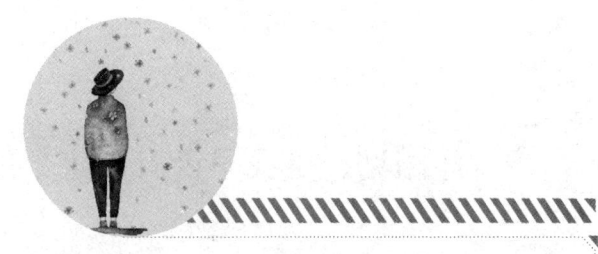

第三辑　与你相见，是我早已有了定数的心愿

　　我走下西泠桥时，天上的星星和月亮都出来了，已是薄夜。我一个人去松柏间听了一会儿风。风吹着我的头发，我闻着那种古味胭脂的香气，一边闻一边想苏小小。在杭州西湖，一个湿润润干净的黄昏——能在西泠桥畔相见这么好的一位风华绝代艳情漫漫的美少女，让我心动不已，一生都不会忘记。

与你相见，是我早已有了定数的心愿

我不知漫步多时，忽然看到西泠桥隐隐清晰起来，两旁绿绿的西湖水依旧平静，只见湖水波光一闪，好似与我嫣然一笑，不知怎么了，我闻到了一股古味胭脂的气息在湿润的黄昏里蔓延着，一直蔓延着。恍惚间，我看到了一代名伎，那个美丽聪颖，浪漫娇俏，能歌善画，才气过人的苏小小。她一步步向我靠近，一步步在逼近我。我一眼就看出，她有一种特别文雅的气质，就是南齐时钱塘第一美女艳情漫漫的苏小小。

她穿着一袭柔软的绸衣从松柏林中的小楼里走了出来，向我走来只有她一个人，这头是我，那头是她。

我遇到了苏小小。

我没有那时鲍仁的文采，我没有那时那些豪门公子的浪漫，我也没有那时钱塘边的那些雅士少年的英俊，我亦没有那时那些科举乡绅的财富。可我怎么就会遇见韵味非常的苏小小呢？或许，在一个平淡又似乎不平淡的黄昏完全是因为桥上只有一个游离的人，西泠桥上是我。

我知道历代诗咏她的文人墨客多的是。

譬如年代较早一点的白居易，在杭州做太守时，他曾经写下的诗作《杨柳枝词》："若解多情寻小小，绿杨深处是苏家。苏家小女旧知名，杨柳风前别有情。"看来白公的诗句中，何尝不是对中国的"茶花女"苏小小的钦仰者呢？

在一个湿润干净的黄昏，我遇见的就是曾经被白公钦仰过的一位绝色女子——苏小小。

这一刻我不想说话。

不，是心跳得慌乱的速度让我说不出话来，或许你见到你想见的人的心情都是这个样子吧。

苏小小说："你不是那个穷困潦倒的书生鲍仁吗？记得那年的秋天，你穿着一身粗布衣衫，神情沮丧，我恰巧在西泠桥畔遇见你，才知你叫——鲍仁。我看你才气非凡，与你一见倾心，便主动邀你去我家松柏间的小楼一聚，才知你盘缠不够无法赶考，为了让你进京赶考，我主动资助你银两，再相送你到十里秋风长亭。——后来，我听路过西湖京城的人说，那年你金榜题名考上了状元，做了官，出任滑州刺史。再后来，不知为什么，书生远去，再未相见。"

她看着我沉默一会儿再说："你知道吗？从此以后，因你，我整天相思疾病缠身；因你，我没有完成一个女人的婚姻的使命；因你，我亦没有得到一个女人应得的温情。那年初春，我二十二岁红颜薄命香消玉殒葬于西泠桥畔——便留下一座千年青冢。墓前立起硕大的石碑刻有：'钱塘苏小小之墓'。有诗云：'湖山此地曾埋玉，花月其人可铸金。'我知道是你所写所建，并在坟墓前建一亭舍，取名'慕才亭'。"

一位南齐风华绝代艳情漫漫的奇女子，就这样恋恋不舍告别了那个世间。

她忽然叹息一声！又说："往事如云烟，何况已过去千年。可我不喜欢你穿着现代的服饰，你穿一身那时的布衣更显得英俊文气。"

我说:"我不是。我真不是你曾经资助过的那个路过西泠桥畔的书生鲍仁。"

她停顿了一下看着我又说:"你不是那个书生鲍仁,那你来自哪里?为何在这样的黄昏,我走出松柏间的小楼时,你却出现在西泠桥上呢?为何你看我有点不安,为何你看我有点颤抖,为何你心跳的声音,我能听得见呢?"

我说:"我是一个游历的现代人。可我早就听说过那个古老年代才情过人的你,我在此与你相遇,你比我想象的还要令人动心。多年来——我因仰慕你的美貌和才情,三次重来西湖三次登临西泠桥——为的都是你。我从来都不敢想能与你在此相遇,而我最大的心愿都想在此遇见你,只是你的美貌和才情让我不安,让我颤抖,让我心跳,让我一时和你说不出话来。"

苏小小说:"你三次重来西湖三次登临西泠桥,真是为的都是我吗?"

我说:"是的,是的,与你相见,是我心中早已有了最大的心愿。"

"在我的眼中,你是这样的:在那个古老的男性主导的年代,你总是乐于和那些可心的文人、雅客在你居住的松柏间的小楼里以诗会友展露你的才华。你家门前总是车来车往,有多少豪门公子倾情你的芳容和琼姿;有多少雅士少年仰慕你的才情,他们不管多远都来拜访你。在那个年代——只因你的生命太绝色了,太娇嫩了,就容易凋零,破碎。你的一生虽然短暂,而你演绎了如梦如幻一样的生活。你原本不喜欢清静与孤寂,可是,一到春上,你的墓前两旁有茂盛生命的绿,有浅红淡粉的小花来做伴。"

"在当下,我看得见你的坟墓又经现代人的修缮,宽敞明亮,你不再委屈,你不再寂寞和孤独。"

苏小小问:"我有那么好吗?难道你不知道我的才情与美貌是后世文人墨客杜撰出来的吗?难道你没有听说过'苏小小'这个名字是千年的

传说吗？"

我说："不，你不是杜撰出来的，你也不是传说，你在我眼里就是一具鲜活艳艳的生命。你是人，我愿意和你倾谈交心，我不嫌你身边有那么多英年才俊来拜访过你，以及跟随过你，我只愿当下和你在一起看你作诗作画听你吟唱。"

有时人与人的相逢就是为了看世间万朵最好的一朵花开，享受一段春风，听歌，品茶，没完没了的夜话长谈。也许只是为了向这个世间的一切美好低眉，向爱臣服。而我在一个很美好的黄昏去看一个南齐时艳情漫漫才气过人的苏小小，此刻想想我为什么从仰慕到喜爱上这样的一个美女佳人呢？因为不仅仅是她生得美，长得艳，重要的是她文气逼人，还懂情趣，懂生活，心底善美。

毫无疑问，苏小小在那个时代，是一位绝佳完美且善良的女人，不然怎么会有那么多来拜访与跟随她的豪门公子与雅士少年。

她不再说话。

黄昏下，我只见她脸上身上闪现出一种动人的光泽，那是一种空前绝后的光泽，只有一生追求她的人，才能感触到。书童托着南齐时代的杯子，我与苏小小在西泠桥畔的木桌前，泡一款西湖龙井好茶，她作诗作画，我动情地看，她吟唱，我动心地听，她的眼神有深情，我的眼神亦有深情。茶喝了一道又一道，我再看她穿着一袭白衣绸缎上面有了暮日的光影。忽然春风把她柔软的裙衣吹了又吹，摆了又摆能摆出泛黄的美好万千，刹那能把看她的人心轻轻地摆碎，荡漾，渡走。

我站在苏小小的身旁，亲自感受着她隔着千年的旧光阴散发出的那种异于常人的迷死人的温度，与婉约有趣的灵魂。那一刻我终于知道她那迷死人的温度多么美，她婉约有趣的灵魂多么重要，也只有西泠桥畔有。

我想拉她一下手，她却没有伸出手来。

我问:"你不想让我拉着你的手在西泠桥畔散步吗?"

我一抬头,才知那湿漉漉干净的黄昏渐渐被裹入了风中,那透明度不高的夕阳也跌入了西泠桥下绿绿的湖水中。

苏小小说:"一到月亮快出来时,我就该回家了。因为我还要回到松柏间的小楼里饮茶、弹琴、作诗作画呢。"

我临别她时,不安颤抖的心,看着她让我再一次说不出话来。

我问自己:为什么会有这样异常不安且颤抖的举动呢?我想离开自己从仰慕到喜爱的人时都会是这个样子吧。

苏小小走下桥时,我不敢回头看她,怕她在月光下的身影更婉约迷人,却忍不住还是回眸了一下。忽然我发现有一辆美丽的小风车向我飞奔而来,青骢马背上,有英年才俊,青马在前,风车在后,打马扬鞭,前后疾驰,谁知后面还有许多风流倜傥的春风少年跟随。这时我想起了她写的一首诗《同心歌》:"妾乘油壁车,郎骑青骢马。何处结同心,西陵松柏下。"

这首《同心歌》她写尽了青春年岁时的恋人约会浪漫的好时光。一转眼,那辆美丽的小风车飞奔到我身旁时,在我心中一个存活了上千年完美的苏小小,她再次向我微笑着。我不自觉地伸出了一双男人有力的大手想抓住她,想留住她。抱憾!我右手抓住的只是西湖风,我左手抓住的只是西湖梦。一转身,那辆美丽的小风车在西泠桥畔拉风的声音,连同她的笑声连同她身上散发出的那种古味胭脂的香气都已走过了上千年。

我在想:如果我生长在那个南齐时代,在杭州西湖的西泠桥畔的松柏间的小楼里,与她会心的雅士少年们,其中,定会有我。那青骢马背上的英年才俊,也是我,即使不是我,与她做个风雅的蓝颜知己,也是好的,何能不满足?

不,我如果真生长在那个南齐时代,我身边这位才气绝佳的人,只能是艳情漫漫的苏小小。

我走下西泠桥时，天上的星星和月亮都出来了，已是薄夜。我一个人去松柏间听了一会儿风。风吹着我的头发，我闻着那种古味胭脂的香气，一边闻一边想苏小小。在杭州西湖，一个湿润润干净的黄昏——能在西泠桥畔与这么好的一位风华绝代艳情漫漫的美少女相见，让我心动不已，一生都不会忘记。

也正是与她这次相见，是我心中早已有了定数最大的心愿。

孤品孤山

在一个小阳春的日子,刮着陡峭的风,阵阵扑面,我是第二次来杭州西湖了。

我从来没有玩味过西湖的雪景,也从未看过"断桥残雪"的景象。遗憾!我在西泠桥下更是没有赏过整个庞大的冬天的"孤山梅影"照残荷萧瑟的美。

这一湖光山水间有——孤山。

看孤山,一个人,或二个人,或三个人。再多,有了声音,有了热闹,有了温度,就体会不到孤山清寂的境味了。

一个人有种孤独感,看孤山最好,尽管我没有来过,但我一直认为看杭城孤山最好是冬季。试想,在杭州西湖的寒冬,天落着浩大纷飞的雪,一路上游客稀疏,空气清冷清冷的,一人独自踏着两寸厚的积雪进孤山走一走停一停的况味,那才有种古味的气息和禅意。

我初次看孤山,是早春的二月天,登临山间,乍暖还寒,冬意仍然。

我一个人走着走着,忽然见有几株梅正恰好地开着。我采摘一朵把它捧在手心,是清凉绒绒的,有种禅意的静美,谁看了都会爱到极致。

我喜欢这清凉凉的颜色与禅意的静美,才会逢人说,那孤山的梅,有的躲藏在清静一处,不肯露脸,有种躲躲闪闪羞涩的好;有的半掩在残雪里红白相映,有种色彩冷艳绒绒的美。

有时,我看到那种冷艳美到极致的东西,能让人发一会呆,能让人默然一刻,不想说话。

我与孤山相视,我的孤独孤山知道吗?我与一株禅梅相依小坐,我的寂寞禅梅懂得吗?如若孤山知我,禅梅懂我,孤山与禅梅足以明白这个世间的慈悲与冷暖。慈悲,冷暖,这几个字据说是佛中高境了。我对佛的境界只有一个字——悟。那里不需要言语,是说不得的,说不得也好。有位作家说佛:"何为有?何为无?佛中高境,是真有,还是真没有,还是虚幻的意象?其实,悟得,说不得,懂得,便亦知,就好了,何必说出真相?"

你想,人在佛面前说出真相的有几个是对的。

早春天,登临此山,我当然是去造访一位曾经散落在杭州孤山的北宋隐士——孤傲且高洁的才子林和靖。

小禅在《孤品梅》一文中写过林和靖。她说:"一个'孤'字读出来,傲意凛然。"我说:一个"傲"字写出来,满怀清气。

孤山的风,有些寒意,阵阵向我扑面而来,尽管不是一片白茫茫的寒冬山间,我仿佛能感触到"孤与傲"这两个字清寂的内涵在早春的寒风中四处飘逸着。我少时看过一本连环画,记得那本书中说这位北宋古人,他一生隐居在这座秀丽的山水间。他喜好穿一身素色的白衣,经常驾小舟独自遍游西湖,喜欢水上作诗作画,他任性孤傲自好,小舟湖水两旁常有他随弃作的诗作的画。——待我在长大些的时候,再读有关他的书籍,才知道他终生未娶,他以孤山的梅为妻,他以孤山的鹤为子,他远离喧嚣,他远离利益,他一生与世隔绝隐匿孤山,一直到他远离尘世。

是啊，他一生把自己活成了以梅为"妻"，以鹤为"子"的那种孤傲深情的高人，他一生也把自己活成了在杭城孤山从无来者隐逸的高手，他一生一世最终也把自己生前天大的才华与孤傲清高的境界，以及他离开人世间后的一世的空名全都埋葬在这座秀丽的孤山之中了。

才华、孤傲、清高，不惊不扰，他在超观洒脱中死去的一世空名最后都——化作供后人在孤山或游览或凭吊或小憩一会儿的几处亭台的景点。可真正懂得他的人有多少呢？或许，他的一生一世都没有人懂得——他以梅为"妻"，以鹤为"子"的那种异于常人的深情。所以，他这样写梅："疏影横斜水清浅，暗香浮动月黄昏。"他这样写鹤："鹤闲临水久，蜂懒采花疏。"这千古绝唱的诗句在古往今来能有多少呢？就是让现代人赞叹和佩服！

他一生非常忘情，忘情其实就是深情，是对梅妻、是对鹤子高洁的深情，谁能一生做得到呢？也唯独他在孤山能做得到，古往今来没二人，何能不足矣。他那种隐居孤山高洁的人生还需要什么呢？我想用"高洁"这两个字配上他，一点都不为过，什么都不需要了。奇怪的是，我挺喜欢他那种清寂高洁自好的心境，或许他那种心境暗合了这几年我独自漂泊在异乡的孤独与寂寞的情怀。

初来孤山，不知北宋时的隐士是否在等我？

可我知道，因他这座孤山有多清寂，有多沉默，也因他让我心生的这种神秘、好奇、孤独的情怀，此刻，你不想清寂，不想沉默都难。在清寂沉默中，我一时想象着能够和他一样穿一袭素色的白衣在西湖水上独自遍游驾小舟随意写山写水写飞雪，写梅写鹤写深情，任性孤傲自好。然后，我再像他一样静卧山野，深居清雅，一个人慢慢随着山水光阴在几株梅香鹤语中超观洒脱中老去，不惊不扰，那该是多高深的一种心境呢？

我尽管没有他那份孤傲的才华与高洁的心境，我如若哪天在现实纷扰中受了一些挫折和磨难,哪怕自己做个沉寂孤山的半个隐士,何能不满足,这也只是我理想的愿景了。看来,他这般看透生死利禄的大智大慧,只怕我终身都难于悟彻了。难怪余秋雨在《西湖梦》一文中这样感慨地说:"西湖边又悠然站出一个林和靖,中国古代,隐士多的是,而林和靖凭着梅花、白鹤与诗句,把隐士真正做道地、做漂亮了。"

在杭州孤山,因了造访一个遥远时代的古人——林和靖。我总觉得这处处都有他的大智大慧且风骨高洁的味道。如果此山间没有这位北宋古人,我一个人恐怕邂逅在分外冷艳的禅梅都索然无味。所以,孤山好就好在有林逋,因了有林逋,孤山是佳处。忽然我想象着,此山佳处,一到夜晚来临时,是否还能看到那个高洁深情的背影,在北宋月下依在一株梅花的身旁作文吟诗呢?

我抬头看到一只小春鸟,那娇俏绿绿的小身子从一株斜枝上,飞到另一株斜枝上,是安静的。那一株斜枝即便微微晃动几下,也是安静的。偶尔,那只小春鸟发出几声早春孤山的鸟语,感觉都是柔弱安静的,而沉寂的孤山不沾染一尘凡俗,亦是博大的沉默与安静,我感觉自己的内心也是博大的沉默与安静。

我喜欢这不沾染一尘凡俗博大的沉默与安静,刹那能把市井浮躁的人心就此沉淀下来,哪怕刹那,我也满足。

我依在另一株梅的身旁,仿佛是北宋时的一株梅,怎能不倾心,怎能不动心。刹那心中涌现出好多如果,瞬间,思绪缥缈。

如果再来,我也说不出是哪年?

但我一定要在一个头顶落雪的日子,远离喧嚣与市井,远离利益与纷争,一人独自走在杭州西湖游人稀少的寒冬天,我要真正地看一次"断桥残雪"感悟那份遥远时代的悲情且唯美的碎意。如果再来,我要在西泠桥畔坐上一会儿,一人迎着浩大寒天的西风,我要真正地赏一次"孤山梅影"照残荷的萧瑟美。如果再来,重要的是,我定会重登孤山,在一片白茫茫的山水间，我要真正地看一次，一人孤品看禅梅，一人孤品看孤山，还有那份真真切切不想说的，我又说不得的这座孤山总给俗人一种佛中高境的慈悲与冷暖。

我年少时来过西湖，只是匆匆。——多年以后，终究成全了我那年未能造访这位古人的心愿。

黄昏下山时，我带着一颗成全我的心走的。回头再看，那个中年自己的背影像孤山一样的沉默。忽见一朵梅飘零在石台上，微微颤抖，我不忍踩过。因为，梅在看我，梅在送我，我只有低头向梅敬意。忽然那朵梅仿佛发出微颤的声音，说："你若再来，我还在这里等你。"

我想人一生中，能遇见一朵冷艳绒绒的梅知你懂你暖你，让你默默爱，默默疼，默默悟，要珍惜。所以，我怎能不想再次造访杭城孤山呢？

西湖水,西湖梦

写杭城西湖文章的人实在太多,从古至今多为历代名人墨客。现代人皆文人志士,他们经常三五成群踩着夕阳在这里游历完了,再从这里踏进风情的月夜。然后,写些西湖风雅的文字,这样的文人也很多。当然也有我。

我在少时游历过这一汪湖水初识西湖。可我这些年走过好多处山水湖光,总觉得少年时代与西湖相遇有着深深的记忆,因为,杭州西湖是我生命中遇见的第一个湖泊。

我一直想在这里真正坐一次乌篷小船。然后,踏上岸再拜访遥远时代的一个个梦境的地方,这也是我少时的梦想。

三月天,西湖水依然泛着潮润的味道,那么绿,那么旧。我迷恋这种重温旧梦的味道,就是没有来过此地的人们——看着西湖的景致图片也会滋生出太多的思绪。因为这一汪西湖水见证着许多历史的风云与变迁,还因了这里的山水间的每一处亭舍、每一座小桥与遥远时代的浪漫爱情的故事和传说,它们之间都有密不可分的牵连。也正因为如此,我最终也避不开这一汪泛着潮润美丽的湖光山水，一直想把这种迷恋的味道揉进自己的思绪里写点文字，还是写下了众多人看惯了那缥缈似梦的题目——《西湖水，西湖梦》。

我写下这个题目的时候，很喜欢。因为这个题目有意境，有想象，有潮湿，看着就满足。

我沿着湖畔在众多的古迹中远远望见了雷峰塔的身影。在我童年的记忆中，有一年夏季在树荫下，我坐在小马扎上捧着一本小人书不放手，那本小人书叫《白蛇传》。那个时代，只有小人书可看，特别喜欢那里面画着西湖的各种景致，湖水、小桥、杨柳、岸堤。我那时不知看了多少遍，但每次看到可怜的白娘子被无情的老法海镇在雷峰塔下，就憎恨他。

我最初知道雷峰塔，就是在那本小人书上，记忆特别深刻。

现在想来，那个穿着一袭绸衣的白娘子，她无论是妖还是仙，她在这个世俗的知名度上超过了许多历史的真人，就是在现代人的眼中，她始终是一个为爱情不顾生命的女人。而白娘子最大的伤心处，是被老发海逼迫回归于妖，但她为了追求人间最美的爱情，很坚强，不惧怕死，怎么会惧怕被老法海镇在雷峰塔下呢？

在那个遥远的世间，其实，她可以做她最逍遥的妖，她可以做她最美丽的仙。可是，在这两者之间——她却拼了命地选择了人间世俗的红尘。她莫大的遗憾，最终是没能成为一个真正普通的女人，她所追求的人间最美爱情的心愿终究破碎了，这也是她全部的劫难。尽管古人为她描绘的全是凄美吟唱的悲剧，可古人塑造白娘子这个美丽的形象，以后为杭州西湖增添了许多艳艳的光色。所以，后人也无私地把"断桥相逢""同舟回城""水漫金山""雷峰夕照"，以及烟雨蒙蒙的西湖水都一一馈赠给了白娘子。

从这些关于她的景致上来看，白娘子从古至今也没有负于西湖，而西湖从遥远的年代一路走来更没有亏欠白娘子。

白娘子的爱情悲剧，好就好在她向往人间的真情最终感动了上苍。20世纪20年代，在一个风雨交加的夜晚，天空一声霹雳，真正的雷峰塔终于倒掉了。雷峰塔的倒掉，或许预示着白娘子与老法海最后的较量吧！那个年代好多"五四"文化先锋派代表对雷峰塔的倒掉欢呼至极。其中，有一个女性作家，她在一文中说："我感谢雷峰塔的倒掉，因为它的倒掉，可以扑灭我们的残痕！"

那时，大家鲁迅先生更是写过"论雷峰塔的倒掉"一文。

我年长之后，才知道雷峰塔在原有的遗址上又得以重建。我本不想去，感觉就是重建也很荒凉，但为了一个美好且深情的白娘子，再荒凉，我终究还是要去看的。我一人在重建的雷峰塔上待了好长一会儿，我一人在原有的废墟旁徘徊了一阵，许是童年时的那本小人书给了我太多的想象。

临别雷峰塔时，再次想象着白娘子婉约凄美的形象，她在现代人的眼里——就是一个情感碎意遥远的梦了。

看天色渐晚，我和几个互不相知的散客一起坐乌篷小船回去，小舟一边一座可容下六客，船舱稍宽，人莫能纵身。船夫撑着舵，摇行在水上，悠悠地走着，不紧不慢，十分沉静。有一个游客说着南方原乡的话，有听不懂的，我只是向他一味笑意地点头。

初次西湖泛舟，看远山，听水声，看斜阳射在雷峰塔尖上与山水和谐相应，看乌篷小船一路荡漾着碧波水影。

我从一圈一圈的水影里看到落满嫣红的黄昏了，美得惊心，美得满眼碎影如梦。一路在听着船夫讲着千年的故事和传说，我在水天朦胧中去倾听，不时地，我坐在船头还能发一会愣，还能顾盼两岸倒影的湖房和青青的柳影，还能遥看岸上的人影，只见晃动，一时难辨高矮胖瘦，还能想象着乌篷小船浮载着我要去的地方。船行过处，还能伸手探春水，春水从指尖滑过，好似在触摸着杭城哪家老店里的一绢绸缎，微凉凉的，清绿绿的，光滑柔润。忽然，有风徐徐，满脸清爽，风音入耳，真隐约，还没有认真倾听，船已随湖风摇过。乌篷小船一路在水上摇过三桥，我与湖上三桥三笑留情，那湖上三桥与我亦留情。

不一会，船夫说："坐稳了，快要靠岸了。"我才知乌篷小船载着我已到了要来的地方，只是满身心的情怀，依旧悠然在船头，依旧悠然在间歇的桨声里，依旧悠然在黄昏斑驳的水影中。再看黄昏斜阳，仿佛一下子退到了湖心，归隐远去，不知去处。

跳舟登岸，有晚风，有幽静，有月光，有岸灯，有湖水涌上岸边轻轻的响声，有闲人一个。

上岸后一想，我是在重建胜迹的雷峰塔下离开的，再一路乘舟来到另一处胜迹"苏堤"。奇怪的是，我明知脚下，有一个倦意的身影，我明知西子湖畔，有千古不变的月光，我明知前边，有万家灯火闪烁的街市，只是这一汪西湖水，一到这个时候，怎么看都真实不起来，刹那连自己的身影也不真实了。为了摆脱这种不真实的感觉，再次触摸西湖水——好似北宋苏公在杭州做太守筑坝时的西湖水。西湖水，在月色下，太颓靡、太古味、太抽象了，有种不真实的感觉。不真实，还有另一种的原因，西湖成名过早，粉饰太精，又过于玄艳造化，总给人一种虚幻的景象。

月光下，我游走苏堤。因了苏公，总觉得这一坝堤有着那个时代浓浓文学浩大的气息，在风中，扑来，再扑来。忽然，看见有三个美好的女子往断桥的方向走，或许她们相约在一起唱戏吧。这个时候，一个人游走西湖，要在苏堤，而我就在苏堤。如若那三个美好的女子真是相约在一起唱戏，最好在断桥，在断桥。

今晚，也许，我想的太多，也许，看到雷峰塔，让我想起了一个情感碎意遥远的梦；也许，在黄昏下坐乌篷小船，看到美到极致的东西，刹那恍惚如梦；也许，走在苏堤上，仿佛觉得自己在北宋浩大文学的气息里游走；也许，看西子湖畔上的天空，有个又白又满的月亮，满得撩人；也许，看西湖的水中，也有一个瓷白色水汪汪的月亮，白得惊人；也许，看月光粼粼的西湖水一波一波地向我涌来晃动，这么快，这么快，这一汪西湖水晃走了上千年的旧光阴。

今晚，太多的也许，你不想太多，真的很难。

在云南遥远的乡下

初秋天,我应朋友邀约从安庆去了上海。

那天傍晚在上海,我在朋友的介绍下认识了一位湖南的朋友。

几天后,我离开上海回到安庆,再从安庆回到河南。然后,我坐上火车一路南下来到湖南长沙,再从长沙乘机飞到云南昆明,已是深夜,第二天我又驱车辗转去往楚雄州。很快车子开上了不宽的山道,一眼望去,通向山间的公路被几座连绵起伏的大山揽在怀里,感觉神秘的大山有多深,躺在大山怀里的弯曲的山道就有多远。

我此行代表湖南一家公司到云南做投资葡萄园基地的先期考察工作,目的地是云南楚雄州下面的一个小县城再下面的一个偏僻遥远的乡下。

两天后,湖南公司又派来一个同事老姚,他做财务工作,看上去有60多岁的样子,腿有点残疾。闲聊之余,才知道,他至今未娶,膝下无儿女。他给我说:"以前家里穷,父母过世得早,自己还有点残疾,没说上媒,就耽搁了。也好,我走到哪儿都无牵无挂。"

那晚,与老姚哥简单地聊了几句,他留给我的印象是面容憨厚又真诚，还有一颗年轻人似的快乐的心。

初来云南，在一个偏僻遥远的乡下，我总感觉有些不适应，由于西南高原地区紫外线强的缘故吧，这里的阳光扑在身上有点疼。可这里的天气也很怪，经常是东边日出，西边小雨，那边干燥，这边潮湿，中原人很不适应这样的气候。我俩开始了在这里的工作与简单的生活。

不知不觉，我在云南遥远的乡下过了一个月。

这里苗族人、彝族人居多。身处高原大山深处的男人，大多身材不高，黝黑的肤色有着他们独有的光泽，而这里的女人在农田里干活更显得瘦小，有种弱不禁风的体态。但这里的人们勤劳，憨厚，朴实，过着恬静与天然的生活，却深深地感动着我，也吸引着我的好奇。

一到黄昏，这里的人们喜欢聚在一起，他们大多光着膀子抱着铁皮筒状的水烟袋，呼噜呼噜地抽着，边聊天，边喝着自家酿造的米酒。

那些日子，我非常好奇他们日常用的水烟袋，也照着他们的样子试着用过几次，觉得烟味有点淡，倒没有什么特别之处，但云南乡下的米酒真香真甜真诱惑人。有一天黄昏，我和他们在一起喝米酒，自己喝着喝着就喝大了。米酒后劲大，到了下半夜，我还一直在呕吐，那会儿感觉什么都吐不出来了，但还在干呕……我躺在床上以为自己死了，但明明知道老姚哥一直在照顾我，一直照顾我到天快黎明，看我好了一些，才休息。

他对我的照顾，一直在我心上，很感动。

有一天，我用过晚餐，天未黑，看着金黄色温柔的云隙间，它还在努力地透出几缕懒懒的晚霞，有点不想离去的样子。这时我悄然离开居住的地方，想一个人出去散散步，独自感受一下那淡淡凉爽的秋风。

不多会儿，我闲步来到不远的小集镇上，看到一个有亮着微微灯光的理发小屋，便走了过去。有一个中年样子的女人和我打着招呼说："理发吗？""哦，是的。"我问，"小镇上有泡脚的地方吗？""县城有，这儿哪有。"这个中年女人与我微笑地应和着。这时我才发觉在乡下居住久了，生活有些枯燥无味。瞬间，我觉得与外面那个万变的世界隔绝了。

我离开理发的小屋，看月色渐浓，这时乡下的田野已完全入夜了。

我循着乡下凉凉的秋风，看秋风吹起农夫白日翻耕过的新鲜泥土的气息，在空气中荡漾的每一寸新鲜的气息都是自由的、没有分寸的，我感觉自己浑身都是舒爽的。

我凝望大山，空旷无边，那满月离山巅似乎有一人高的样子，禅静悠然。那满天闪烁的万点星子，就像一盏盏照夜美，美得，不忍直视。那朵朵翻卷低低的云，忽而优雅，忽而动荡，我感觉自己似乎一伸手，就能够着飘来荡去的云。

这几年我去过些地方，见过不一样的满月和星光，可这一方夜空下闪烁的万点星子，是我见过最美最多的，那离山巅似乎有一人高的月亮，也是我见过最亮最粉的。我也看过许多不一样的流云，而这一方矮矮的天底下飘来荡去的云，是低的、是厚的。有的像棉花糖一样，是甜的，有的像南极厚厚的浮冰在漂移，是凉的。不到云南，真不知道什么是真正的云，在云南遥远乡下的夜晚，才知道什么是纯粹的云，相思的云，仙风道骨的云，野性的云，堕落的云，相互缠绕再相互纠缠去同谋私奔的云。是啊，只有在云南这一方遥远乡下的夜晚，才有这样的云，也是我见过恰似梦般最与众不同的云了。

我走在乡野的小道上，凝望远处的乡寨，只见稀淡的几点灯光微微烘托着初秋安逸的夜，还是一片平和深远的夜。两旁草丛中不停地传出秋虫欢快地鸣唱，忽然从远处传来几声犬叫，更觉得乡下的田野格外的静寂。

我徘徊在月影里，回头看着被清辉拉长的身影，忽然有种滋味浮满心间。

我在远乡想着远方，让我怎样给你说，那一轮满月，再亮再粉；那满天的星辰，再美再闪烁；那夜空下飘来荡去低低的云，再恰似梦般；那一地月华乡间的小路与这一片广阔的田野，再朦胧，再神秘，只是没有因爱而美的人在身边，而显得孤独，惆怅。我只想告诉你，我在这儿已待了三十多个日夜，有些日子里白天想挣脱而无法挣脱的东西，这个时候漫上心头像一张心愁的网。这份工作，或许，我不太适合，或许，这份生计，对我人生无益，忽然我发觉自己还是想回到江南那座临水的小城，可我分明知道自己再也回不去了。

月下，我有些迷茫。也许，这满天飘来荡去低低的云，知道我；也许，这满天的万点星子和一地的白月光，知道我；也许，这一片平和深远的秋夜和这一片广阔的田野，知道我。不，它们都不知道我，不知道的更多，比如秋夜里那一张心愁的网，想念那座临水的小城，还有无奈的孤色决然。这寂静深远的夜，连秋风吹过我身旁都不知道我，它们何以知道我迷茫的内心与惆怅呢？

那天清晨，我要走，无论面对自己的是什么，一定要走，我要在路上，哪怕以后是深一脚浅一脚颠沛流离的人生，我决然要走。

今天傍晚，老姚哥忽然给我打来电话，说："我在这边经朋友介绍，认识了一个女人，这段日子与她相处下来，感觉还好。再过些天就要结婚了。"我说："您终于在晚年找到了自己的幸福，老姚哥，我在千里之外的河南，真心真意地祝福你。"他还说："你在去年秋天拉着行李离开这里，再也没有回来。这里曾经和你相处过的人们，他们很想念你，特别是老韩，还有小客栈的老板，他俩让我向你问好呢！"

我放下电话后，好难过，背过脸去，眼角有温热的湿。

傍晚时分，一个偶然的电话，突然触动了我内心深处无法忘却的——那些给了我三十多个日夜在云南远乡的经历，有温馨，有迷茫，有怀念，有黄昏下的米酒，有东边日出，西边小雨，有这边干燥，那边潮湿，有我见过最亮最粉的一轮圆月，有我见过满天最美的万点星光，还有那些恰似梦般最销魂的云。我再次想起曾经去过的云南那个遥远的乡下，居然都记得这样刻骨铭心。

深夜，沉默一会，我便写下了这篇文字，是我曾经去过的云南那一方偏僻的大山深处的远乡，以及他们的热情，勤劳和朴实，特别是老姚哥，他的憨厚与真诚，他对我的照顾，以及他那一颗有着年轻人似的快乐的心，让我如此的感动过。毕生难忘。

有时，在秋天的日子，我喝上一口普洱，刹那云南那一方美好乡下的气息就会扑面而来。

云南，云南，那一方遥远美好的乡下。

深美静秋

深秋天,一个翠绿满山的地方——洛阳栾川重渡沟,它如此地吸引着我。

那天,我没有早一步没有晚一步,来到洛阳下边一个秋晴的小山城——栾川。

第二天下午,我沿着山道,曲折而上,山风吹着,秋阳也懒懒地晃着我的眼睛。这个时候去山中游历秋天的景色正是好,因为这里的山色明净,润朗,离风寒还有一段时日。抬头看到一抹洁白的云彩,仿佛是天边的一个仙女的柔发,她在秋风的怀里躲躲闪闪,忽然一不小心就跌进了大山的怀抱,把山谷跌成一片朦胧,秋笑了,山笑了,全把笑脸迎向高远的天空。于是,我也忍不住把笑脸投向了山,投向了蓝天,投向了大自然的怀抱,突然发觉自己的内心被这里的静美山色侵袭了,打破了。

你看,山间的石子,圆圆的,滑滑的,都长得那么美。

山坡上,有的深绿一片,感觉都可以淹没膝盖了,那些茂盛的野草喝足了秋水，像撒了欢一样的生长。而我脚下的山道两旁，这一丛，那一丛叫不上名的小山花，也喝足了秋风，带着野性的冷艳，昂着头，自顾自地开着。这时我在想，有多少人描写过草木一秋，而眼前的这些大自然的风物，它们真是赶上这一方山间的好光阴了，没有一点辜负秋的意思，生长在半山腰，迎风伫立看着我的方向，自由自在一个劲儿地疯长。

这里的崇山峻岭间，我早就听说过生长着很多茂盛的修竹。

不一会儿，当满山青翠的山竹逼近我的眼前时，那青青素素的美，真是铺天盖地，美得能惊动山河光阴。庆幸，我没有错过这一方山间的竹林静秋，如果不是登临此地，何尝能见到这样广阔的青竹呢。举目望去，那些数不过来的一棵棵山竹，有的漫上山坡，有的爬上山顶，有的长在沟壑，有的依偎在悬崖峭壁之侧，有的依石傍溪，给人一种爽神悦目的享受。

我看过青竹，往少里说，也有十几次了。

我在成都月下看过，在杭州雾中看过，在徽州黄昏下看过。那些青竹大多都是几十棵拥在一起，有的躲在某处安静的角落里，有的在小路两旁默然生长，有的在湖畔乱草丛中呆呆站立着，但这成千上万棵层出不穷的青竹，我还是第一次。

你看！那山坡上的苍翠挺拔的一片老竹，成方成队成阵，如同裹甲的武士，连成一片，跨马飞戈在一望无际的青竹海洋，指教蓝天，撑破秋，撑破山，也撑破了我赏竹的视线，是阳刚雄壮的。你再看，山坡的对面，那一棵棵恬淡纤细的新竹，是柔美秀气的，如同谁家的清秀的小女人，她们站在山峦高处，无论高低努力向上，把嫩绿的竹叶伸向蓝天，撩起一片浓郁的青纱，临风起舞，婀娜多姿，仿佛在目送着奔向古战场的亲人和丈夫。

此刻，我不禁思绪万千。

随坡直下，看到不远处，有一潭清泉见底。如今好水不多了，只见游鱼在细软的秋水草间来回地游动,真是一潭秋水旺盛着两种不同样的生命,忽然有种想写文字的静心油然而生:一潭秋水,是静的;两种不同样的生命,是静的;倒映在秋水里的山色,是静的;秋水旁边的几棵青竹,是静的;倒映在一汪清泉里唯独一人的水影,是静的;忽而有一两声鸟鸣,也是静的。这种风烟俱静的山水光阴,也只有远离喧嚣,放下物念,带着心灵的纯净,才能看到深美静秋的禅意。

我进山时,一直苛求不要游人太多,怕打扰了这漫山遍野的竹林静秋的美意。还好,人不多,真是清静极了!

当我一个人漫步两旁茂竹的夹道时,真是几步一小变,几十步一大变。青竹从稀疏到密集慢慢在转变,在延伸,延伸到深处,忽然眼前一亮,我看到两棵长在一起、一般大小的修长的山竹迎风沙沙作响,那声音仿佛一对孪生姐妹的细长的嘴巴吹着竹叶发出的幽静禅音在竹林间来回穿梭。一转身,有几处秋虫隐约的叫声,如遇禅机。我也迎着风的方向,看一道道秋阳透过竹间缝隙,于是,竹林有了斑驳的光影。光影扑在我脸上,我身上,有山间的温馨,有俗尘的暖意,光影折射在铺满竹叶的地上透着一层耀眼的金黄,光影落在竹梢上,顷刻间,闪现出一片金色的光芒,风起竹摇,流向远方,流向远方。

我移步竹林深处,忽然传来一阵喜气安稳的笑声,原来在我对面走来几个美好的女子,只听其中的一个女子笑盈盈地说:"这山竹多美,多适合咱们姐妹在这里住上几天。秋日的光阴,竹林月下,小聚倾谈女人家的三分小心思,享受女儿红,多好,清静又喜心。"

那一刻我觉得这几个美好女子的身影,连同她们的笑声都带着青竹的诗韵。只见光影落在她们的身上,顿时,山风、光影、竹韵,与她们几个俊俏的身姿交合在一起都是那样的古朴典雅,意境幽幽,一时看不出,哪是光影,哪是竹韵,哪是那几个俊俏美好的身姿。遗憾!那光影走得真快!不一会儿,那几个美好秋色的女子都融合在山间朦胧的竹影里看不分明了。有时,那看不分明的却有另一种与众不同的美,那是世间少有的一种典雅朦胧的美,隐于内心,浮于眼中。

有时我恰恰迷恋那恰好的光影,似竹摇忽闪,耀眼金黄;似古朴典雅,意境幽幽;似眼中有美,隐于内心。真好啊,又干净又温馨,有山间光阴深情,有世间少有的美,还有那几个美好秋色的女子与我都是禅客的相逢。

下山时,我拾捡一枚青翠的竹叶,要把它放在我以后阅读的书页里。往后,无论是什么样的季节,在我的记忆里最好的方式——当翻开书页看到这一枚竹叶书签时,刹那就会想起这一方浩大的青翠禅静的山色,还有我一个人与深美静秋融合在一起心中装有山河翠绿的光芒。

竹林山间,有歇脚的客居。我没有停步,我想如若停留下来会被这里的深美静秋的好时光困住脚步。

傍晚,我回到这座小山城,随便找一家简朴的客栈就此住了下来。

我在街边找一个小吃的地方,看秋凉繁华的小城,看落寞一处的角落,感觉内心像深美静秋一样清凉凉的。偶尔,我在街边的一家小店里看到一幅油画,那画中的女子穿着一件像青翠的竹叶一样颜色的风衣,她的发质像海藻一样的柔软,看她在画中若有所思的背影,给你一种全然不同的美,是那种孤芳自赏的美,是那种不可方物的美。

画中的女子孤单吗?或许有些惆怅,是失恋了吗?还是她在远方思念山外的远方。忽然我想起一句话:我在远方,想着山外的远方,我愿把眼里看到的所有别具一格的深美静秋,全告诉山外远方的你。因为,我喜欢这样的亲行,心中怀着对深美静秋的大爱与深情,做这个世间凡俗烟火下的一个简单的角色,按自己的生活方式,一个人浅喜深爱朝着这个深美静秋的方向快乐行走,原来生活是这样的清静与美好。

我喜欢山河岁月里的深美静秋,不为什么,只因为喜欢,好日子如秋,那么少,那么少。

南湖女人，恰像似梦

我一直想再次重来的地方，那就是成都下面的南湖。

我看过好多美丽的湖泊，而南湖就像一个倾慕已久的人，一回头，她就站在湖边的花树下，我看她，她看我，相互会心笑看的眼神，刹那就明白了——南湖于我，就像一个曾相识的情人，一个眼神，足以打动人心。

我第一次去成都，匆匆去过宽窄巷子，然后穿过古巷离开。路过南湖，不过一瞬，却是惊鸿——忽然我想再来成都，一定要来南湖。这个想法一直在我心上浮着，终于我从云南再来成都。

我和成都不过相隔一千多公里的路程，凝聚成时间，也只有十几个小时。

那天我到成都，是清晨，心中充满欢喜。我没有停留，就想去下边的那个小镇看南湖，听几只小春鸟的叫声，看绿意葱葱的树林，看一汪清澈的湖水，然后坐在静谧的绿荫下，喝上两口当地的盖碗茶，一人独自在春天里享受属于自己的一天慵懒的小时光。其实，我的想法很简单，

083

简单得如同我从云南来到成都与它相隔仅仅只有十几个小时的路程一样。

我来到小镇,正是繁花似锦,万紫千红美好的四月天。

第二天下午,我遇见一个小镇女人,这不是一个爱情故事。这个故事很简单,我正想选择路边的交警或环卫工人,询问南湖所在的站点的时候,无意间看见这个身穿浅白色上衣的年轻女人,那会儿正好没有交警,没有环卫工人,我只能问她,她的回答是令人满意的。她微笑着说:"哦,我正好和女儿也去南湖踏春游玩,在马路对面的那个站点坐8路公车,就可以直接到南湖的。"我说:"好,谢谢你。"

我和她分别坐在公车的两旁,车上的人不多,她的女儿看上去大约有十二三岁的样子,扎着马尾辫,圆圆的脸,活泼、聪明、可爱。

不多会儿,我们一起来到了——南湖。

下了车,她给穿着衣饰活泼的女儿说:"给叔叔说声再见!"随即,我满心感激地给她们母女俩挥了挥手,也说了声,"再见"!

我走在南湖岸边通幽的小路上,见有成群的小春鸟投进林中,只听它们相互唤着对方发出频传籁籁的鸟啼声,林荫道上静的也只有鸟儿的声音。小路是环形的,我踏着矫健的步子走在另外一旁厚实茸茸的绿草坪上,仿佛像踩上一片棉花团似的,松松的,软软的,就这样在湖畔岸边走啊走,那会儿感觉身边的时光全是美的,美得让人沉默不语。

我放眼望去,南湖的水像浅蓝色的天空一样纯净,因为纯净的湖面上另有一个天,那四周青翠的树木倒映在纯净的湖水里,还是青青一色。不远处,有一座白色的拱桥横卧在湖水中,忽然我觉得这一汪湖水,堤岸,小桥,多像杭州的西湖水,多像杭州西湖的断桥和苏堤。可我知道,它们分明有自己的名字。

杭州西湖,我是三次登临玩味过,而南湖与成名过早的西湖相比,这里岸边的房屋与亭舍和历史没有多大的牵连,这里更没有过重的历史遗迹与显赫的名位,但南湖的游人稀疏,散漫,惬意;南湖的春光耀在我脸上感觉没有任何杂质,干净,天然。我漫步在南湖的堤岸,能使我的脚步变得轻松，能使我的呼吸变得悠然。

南湖的韵味，真是说不出的韵味。满眼浓绿，水美，人美，风物也美，路过每一处景致皆可入画。于我而言，简直步步入心。

不知间，我走到一片树荫下，只见有聚在一起喝茶，聊天，悠闲的人们。

那几个围坐在小桌旁，是同城的知心好友吧，因为他们说着本地的方言，畅叙一份闲情。这边有背着行囊远道而来和我一样的游人，他们许是累了，小憩在那里感受一份安静，一份意趣，还有几个老人坐在摇椅上和善地笑着，喝出了宁静祥和的姿态。我看着他们喝茶闲谈的样子充满了安逸，那会儿几不知人间，哪还有惆怅之事呢。转过身，我看到一对情侣，两个美好的人在一起喝着春天的小素茶。那个男孩看着自己心爱的女孩，一脸的阳光，看出了情投意合，那个女孩看着自己心仪的男孩，一脸的笑意，笑出了含情脉脉。我以为自己走到了爱情的小天地，刹那让我痴到发呆，几多刹那我都在发痴发呆。我去过的杭州西湖都不如这一刹那。

南湖，有一片花树正是盛开的好时节。

我情愿站在最娇艳的一朵花前俯首低眉，我笑看她没心没肺大朵地开着，她笑看我正当好的年岁一个人旅行。忽然想起一句话，太年轻了我担当不了她媚到骨子里的美，太老了我消受不了她散发出的独有花气的芬芳。那媚到骨子里的美，那独有花气的香——全都浓郁得像一场春日私情，谁说我不爱你，一看倾花，再看倾心。

南湖的美在我心里，恰好正当年龄的我也在你心里。

我时而停步在"刚朵拉"码头，一人独自徘徊一阵，时而坐在"波尔多"长廊，一人独自小憩一会，眼前绿水汪汪，身后郁郁葱葱，是不露声色的恰恰好。我时而稍歇在湖畔路亭，一人闲座幽静一刻，看湖畔夕照闪现出清幽的样子，向我照耀，向我挥别。不觉间，新月初上朦胧出微笑的样态，向我投影，向我招手。

南湖的美，连我都看不透你，亭前——满眼的黄昏云锦，亭后——忽然新月初上。这如梦如幻的景象像一首小诗浮在清水上，像一篇散文落在我心里，忽而让我风情万种，刹那让我沉默如钟。

　　我走在黄昏的小道上，依然林荫幽静，即便有几只小春鸟"嗖"的一下从我这个异乡人的身边惊恐飞去，有一两声柔软的叫声，那也是它们归巢的声音。忽然，我再次遇见那个小镇女人，不如说是这个南湖女人吧，她依旧牵着穿着衣饰活泼扎着马尾辫可爱的女儿，只见黄昏斜阳耀在她脸上，那一刻她的肤色显得更为白皙，气色更好。我与她擦肩而过的刹那，只是和她礼貌性地打了个照面，而她胸前的那条咖啡色丝巾，在黄昏下，在春风中，一直在飘逸抖动着太多看不透的风情，看不透，恰是那看不透的风情，美得简直不可方物，恍如一只翩然飞去的咖啡色的蝴蝶——好生让人迷恋。

　　一日春光的午后薄游南湖的那种美好，这都不重要了，重要的是，这好生让人迷恋的南湖风情，是恰逢其时再次遇见那个南湖女人产生的吧！

　　那天黄昏，我几乎怀揣着恍如隔世的心情离开南湖。

　　我回来多日一直未写南湖，一直恍惚，再恍惚，不是一瞬间，不是一部分，而是全部。

　　可我每一分每一秒都和南湖在一起，是迷恋于南湖的风情恰像似梦动心的往事。因为，南湖是我的，而我，也是南湖的，而那个南湖女人在那天的黄昏在我眼前渐行渐远走路的姿态，就像我家窗台前的一只浅白色走着舞步的鸽子，在春天里，步步美意，步步风情。忽然我想唱罗大佑的歌《光阴的故事》，我刚一唱出声时，不知是歌声惊动了那只小白鸽优雅的舞步，还是"南湖女人，恰像似梦"的往事惊扰了那只小白鸽独自的私语。突然，扑啦啦，那只小白鸽飞出了窗台外，刹那不见了踪影。

　　我转过身——念念不忘，南湖、南湖……

不能忘记你的样子

我来到此地,已是天色将晚。

我怀着一颗朴实温暖的心,一个人自由自在地走在岸边被风包绕的小道上,在深秋天光渐渐沉下去的小道上,只见浅褐色的落叶在风中飘零着,不慌不忙,不疾不徐,衬托得整个岸边夜色下的光阴都慢了下来。——几百年古老的两岸就那样一步一步地过来了,还有什么着急的呢,该慢下来了。就这样它温馨委婉地告诉我,这是我再次重来西南的一个地方,而它的名字也非常婉约动人——花阳小镇。

这个世间有很多舒适缓慢的地方,因了这样的时刻,古老的小镇不断地提醒着它的静然与美好。

我自由自在地能在这样的古老婉约的小镇上寂静地走着,再从秋风中走过,恍惚一下子走进了中国水墨画卷的诗意中,感觉没有浪费一点时间,反而步步都是奢侈优雅的。

薄夜下,我不停地看着它,打量它,小镇的底色依然是暗和粉交织在一起散发出的光和影,是绵柔迷人的颜色,是缱绻沉溺的颜色。为了夜晚，小镇就像一个有了秘密的低眉女子，看似外表平静，而其内心定是含羞奔放且迷人的。

这含羞奔放迷人的光影——能使一条奔腾的府河暂缓了流淌的速度，能把缓缓地波涛河水，一次次涌上来，再涌上来，说不清的婀娜，说不清的柔软，说不清的娟秀与宁和，环绕一座小镇，生出百姿风韵。此时，我看着府河诗意的两岸什么都是美意的。我想，如果此刻走在小镇的风雨中，也知道那风雨是人生中必要经过的风影，而心中一直会盼望雨后的彩虹。

我喜欢这夜色下的光和影，看上去，不是第一眼就豪夺人目的，可刹那还是要夺你的目，依然光泽而明媚，依旧透明而闪亮，有无限的温暖和迷离。此刻，我只想说，那些日常光芒四射的东西从来不会惊艳我，我爱的是这暗和粉交织在一起在日常的薄夜下夺你眼目的温暖和细腻。

我们一生活在这个世上，总要为一些事情活着，为亲情，为爱情，为友情，为这个世间美好的人和美好的事。

譬如，有时活着最温馨最快乐的一件事，是一个人在外或作为或不作为，或遭受黯然神伤的时候，那个时间就想逃到你喜欢的地方去，这个地方并不是让你得到了什么，而是被这暗和粉的光影照亮心灵的满足。这种满足感，许是能洞悉你的心情，许是能温暖你的身体，许是能照亮你伤口的美，许是能给你一个情感落脚的地方。

于我而言，不早不晚，这温暖细腻迷人的光影，照亮我身旁，我身上，我脸上，是一种拥抱，也是一种亲吻，给了我无名的性感。这无名性感迷人的光和影投射在我眼里，能让你感觉有一种物质在燃烧，那是一种什么样的物质呢？又娇媚又透明又干净，是倾人倾城美好的样子，是闪烁的光影里最不能忘记你的样子，好像一眨眼就看不到了，好像再不爱就来不及了——居然有一种人间烟火气的爱意妙趣横生。忽然想起林志炫唱的那首歌《你的样子》，其中一句歌词最让人动心："让风尘刻画出你的样子。"

我愿所有散发出性感迷人的光影刻画出你的样子,全都燃烧在我深情的眼里,说不出的好!我不忍呼吸,全身心又美又荡漾,这令人好奇而又古老的诗意的小镇。

今晚一个人,一座小镇,仿佛是萍水相逢的两个人。

一转身,再看自己的身影,我还是我,小镇还是这座古老婉约的小镇,却因无语,突然生起一丝深蓝色的惆怅。那深蓝且透明的惆怅,我有点放不下了,放不下——全是因为暗和粉生出唯美的格调刻画出不能忘记你的样子,不可捉摸唯一的样子,你的样子鬼魅地散发出撩人性感的魅力,妩媚地勾引着我,有一种暗俏,如果这种暗俏是友情,就是锦上花,如果这种暗俏是情深,那脚下步步全是千金与美好。

我走着走着想起一句话:原来迷人的光影通向内心深处最美的地方,无论是锦上花,还是人间情意,我都会珍惜如常怀着对小镇的神秘和好奇。我真迷恋这句话的味道,就像恋人之间渴望爱情那种神秘的味道。那种味道,总会让我想起台湾作家琼瑶笔下的那些浪漫的情景。比如在她的书中经常会出现这样唯美的画面——民国时期有一个潇洒的俊男,他在古老岸边的一盏朦胧的灯下,等待相约一个坐乌篷船的倾国倾城的女子。那些唯美浪漫的小情景,感动过20世纪80年代的无数人心。也包括我。

我一生都在寻找着这种暗和粉交织在一起夺你眼目的温暖和细腻。

如果寻找到了,我会把所有迷人的光影刻画出你的样子,全告诉你。还告诉你,这里有我深秋天最好精神明亮的自己,这里有我向往那无名性感迷人的光影——像懂得我的灵魂似的,让我的身影忽而在前,忽而在后,即使那迷人性感的光影与我的身影一样静静地不发一言,是照见,是亲切,是陪伴,是相互的温暖,那一刻生动得怎能不是最好的可心可怀的时光呢。

灯影下，我多想遇见一个人，哪怕什么都不说，只是并肩前行，偶尔看一下彼此明亮的眼神，很温暖的样子。有时，一个眼神就足以明了对方情怀的温暖。

我愿小镇温暖的光和影，依靠自身迷人的光亮，照耀我一身的光芒，也照耀与我一样有着内心温暖深情的同路人。

这不能忘记的花阳小镇，它隔着好多层大山以外的远方，我再次走近它，靠近它，贴近它，全是暗和粉交融在一起散发出的温暖细腻的光和影——远离繁花似锦与浮躁，在慢下来的光阴里，很幽静，恰恰应和了我的心情，也恰好照应着岸边幽静的小道上，我一个人慢慢往前走，不知道前面等待你的是什么，要看清的是什么，但我知道在暗和粉温暖的引领下，一定会看到前面最温柔最明亮的光芒。

此时此刻，我的脚步被一盏照夜美温暖着踏实着，能让我一直有着对生活向上的态度，我走得很自信，我带着所向披靡的心情和神态，我带着无人能染指的处处醉人的好时光，一步步朝着小镇美好的方向走，一个人的旅行，一个人走在深秋天恰好光影适合的时间上，我一直看着那盏照夜美散发出迷人的光影刻画出你的样子，那才是你最温暖最深情满怀的样子，也是我不能忘记你最唯一的样子。

今晚再次看着不能忘记你最唯一的样子。偶尔，我愿情怀明亮最独特，我愿步步风情最万种。

窦庄古城堡的夜

如果,暮年时让我选择一个地方,一处老院子,一张老式的木桌子,我坐在暗黄的台灯下写一些细碎的文字,守着几百年的旧光阴,然后终老于此地,这个地方只能是我一生一世一往情深的故乡。

我一直找不到一种合适的颜色来描绘我的故乡,或者说,一直找不到恰当的气息来描述我的故乡。我如果用一个词语来形容我的故乡,真没有比"深沉厚重"这四个字更适合的了。

一定是深沉,绝对是厚重。

比如,残壁的城墙和楼头,斑驳的吊桥、庙宇、祠堂、楼阁和墙皮,还有一种老屋门吱扭的声音。这些和南方的水巷乌篷,在水之湄,烟雨蒙蒙,粉墙黛瓦,形成了粗犷和柔软的鲜明对比。就这样以江北和江南两者鲜明的对比告诉我:它以深沉厚重固守这座西依榼山,一水沁河环抱古老风情的村落,而古老风情的村落里面竟然躲藏着神秘的九门九关,有凝重岁月的沧桑感,有暗和旧浓烈的黑白之气息,这就是我的故乡山西沁水——窦庄古城堡。

在明朝中期，窦庄有一户商人的儿子在京城做官，是个孝子，为了让年迈小脚的母亲看到京城的样子，他按紫禁城的布局在窦庄造筑成了"九门九关"。有次回故乡，我才知道天下庄数窦庄，窦庄有个小北京至今传为佳话。

多少次，我试图压抑自己对故乡的迷恋和喜欢，但这种压抑是多余的，也许所有的人对故乡的感情都是这样，有过，就难以忘怀。重要的是，窦庄于我，是血脉的源头。

故乡的好，是说不出的。

日常、细节、视觉下日影月影一直重叠着古城堡的样子，每个地方走过的片段景致足以打动我，明清两代的景象随处可见。记得那年深秋的傍晚，我披衣和叔叔走出二进门，迈出庭房院，往右转，闲散步行到庄上随处看看。老巷子铺满了青青的光石，抬头看到两壁高墙之间的过街楼，依旧是那样的斑驳与古老，隐隐透出百般的风姿。

我和叔叔没走多远，突然乡里有一户人家找他说点事。叔叔说："你先到庄上随便看看，别走远，我说完事就来。"我应和了一声"好"后，便独自走到另外一高墙深处拐角的地方。忽然，阵阵乡风扑来，秋风中带着浓浓的乡情，给我一脸的惬意，一身的轻松，一心的感动，一路的斯文。它天籁般的静谧，如同一篇古风优雅的散文，一幅古朴的画作浮现在眼前。

那一刻，我凝聚着对故乡太多太多的爱，汇合着对故乡太真太浓的情。

我循着迂回的古巷，抵达庄子深处，是真情真意的抵达。因了这样的时刻，故乡不断地提醒着我——古老巷子里的老青砖散发出的味道，很旧，很凉。光阴久远，像明清时的一位老人，慈眉善目的样子，一直和蔼地看着你，仿佛向你问好！我一时站定在那儿，我和他很亲，是从心底发出来的那种亲，没有一点隔阂和陌生，总会心动不已。

夜色下，幽暗的灯光打在我脸上，有秋风里的凉意。一转身，看灯下的身影，仿佛以为漫步在民国时代。想象着，我从未见过面的身穿长衫的祖父，他曾经会在这样的夜下漫步吗？我又想起了老父亲说的话，这条古老的巷子，是他十二岁那年穿着长袍带着银项圈，常常奔跑嬉戏的巷子。后来，因家中的变故，为了生计，祖母带着年幼的父亲和姑妈远走他乡。

我不知漫步多时，很快，月影也上来了。月影下，我看到每家的一座座老屋的门庭，有紧闭着的，有虚掩着的，似乎那家紧闭的门庭忽然开启，是否会走出民国时一个挑灯纤秀的女子或一位苍髯的老者呢？

月白暗影下，我一个人控制着步声，看的好奇，看的神秘，看的惊慌，倾听着心情，仿佛又置身在明末清初的黑白年代或者更老。

我一路走在九门城墙内外，古老的巷子、老墙、砖雕、石雕、木雕、门庭、楼阁、牌坊、庙宇、祠堂，特别是那两座沧桑的楼头，像月下两只静卧几百年的雄狮，守卫着家乡古老的城门，而崮山庞大的脊背又像古城堡威严下的背景。我感觉看到的不是窦庄的形体，是触摸到家乡古老的体温，是滚烫古老的脉搏，更是几百年来的风致骨骼。可我在月光下却不忍心地看着残壁的城墙，和一座座破败的楼台庙宇风化的没有了以往光辉的面目，我更不忍心看着一座座门庭的破旧，一栋栋老屋凝重的衰老，仿佛它们在秋风里哭泣诉说着往日的辉煌。

那会儿，我想落泪，想泪飞如雨，想号啕大哭，而心中早已涕泪滂沱。

月光下，秋风里，我一直徘徊在城墙角楼下，不发一言，怕惊扰了家乡古城堡宁静的夜，我只是静默地提着我对故乡的那份浓烈的乡情，我爱这几百年来最朴实动人的故乡，暮年之后想回家乡常住的念头，因为它的每一处建筑都进入了我的心。只是那一刻，我不能在古城堡的残壁下敲击我情怀饱满的键盘，我也无法在一座座神秘古老的门庭前，和古老的巷子里铺开的表述稿子上写我深情的笔迹，我唯一能做到的是，只有凭墙仰望、凝视、沉思、遐想，将心思和血脉之情渗进家乡的土地上了。

不知漫步多时，我走到了庭房院的后边。再次凝望近在咫尺的老屋的身影，我更不禁对主上的老屋敬佩起来，仿佛月下高耸着一个顶天立地的人，我无所不能的先人啊！你历经多少风雨和沧桑，依然坚固在榼山的脚下矗立着，依然安静沉默着与天地光阴同在。

——几百年来的窦庄古城堡，即使城墙楼头早已残壁，即使一座座庭院，一栋栋老屋的衰老与破旧已看不出它们曾有过的光辉，而照山照水照古城堡的古老月光却把它们一一的珍贵和非凡显露了出来，有中国西部明清两代建筑最具古朴格局典雅的美，有古城堡一路走来的风致骨骼的样子，有暗和旧的浓烈之深沉，之厚重，之气息，仍然是窦庄古城堡的，仍然是"天下庄数窦庄"。

我好多年没回故乡了。而我不管在任何地方只要听到有人说"山西"这两字，那一刻就会动容地想起我的故乡，刹那我所有在山河故乡里的往事就会扑面而来。可是，在故乡太多的往事中，我一生一世最迷恋的还是窦庄古城堡的夜。

我爱这几百年来最朴实厚重的故乡。日后，若让我真选择一处地方写一些文字，守着古老的旧光阴终老于此，真的，只能是我的故乡了。年老时，我每天每时每刻都和它在一起，因为，它是我血脉的源头，而我，也是它血脉的延续……

坐火车行走在最美的路上

我独喜秋，忽然有一天，风吹散了夏天的影子，秋天就来了。

秋天来了，我不再等待，不再浪费秋日美好的光阴，背起行囊，我要逃离自己早已厌倦居住的城。

我是从另外一个陌生的城市合肥坐上火车的，坐上车，就喜悦。因为这个时候我和好多陌生的喜悦的人在一起，我和不想说话喜悦的自己在一起。等一会儿，通往西南的火车缓慢启程了。车厢里的说话声，脚步声，来回搬行李的声音混杂一片，我在嘈杂声里喜悦地安静着。

这趟火车很快行驶到一片辽阔的荒野，正值黄昏，天空落起了雨。只见自己的身影在布满水珠窗前的玻璃上感觉有些潮湿，很快潮湿的身影又渐渐被窗前一片迷蒙小雨的浅夜所笼罩。此刻，我一个人独自坐在窗前还是喜悦地安静着。

我喜欢一个人去远行，是单数、是独自、是意境，看似单数，却内心饱满。因为我内心饱满又有固定去的方向，那单数，不再孤单；那独自，不再寂寞，全是喜悦。

我忘记是哪个作家说过这样的一句话，你喜欢这样再次远行的意味，便是喜悦。是啊，我再次重来一个地方亲行的喜悦——感觉心中潜藏着无限神秘的味道，有迷惑，有潮湿，有温度，那比到远方看一个懂你的知己还要美妙。

我爱听火车的轰隆声和鸣笛声，我爱看车窗外指向远方的路程，我感觉这样才是最真实的旅行。

我早先时和父母去太原姑妈家，那时我就爱一路傍在车窗边看绿意起伏的远景，看伸向远方沉寂的群山，看火车穿过重叠的大山的远方，忽然眼前流来一条宽阔的河流，那会儿我感觉自己很渺小，无法和窗外的天空、远景、群山、流水放在一起，而我少年时的心却宽阔了许多。那时的感觉很奇怪，我看车窗外的什么都是神秘的，新鲜的，还没有神秘新鲜够，太原就到了，有些许失落，我都舍不得下来。我现在倒觉得自己坐火车有文艺的气息。比如，我看车窗外逼近眼前的浩浩荡荡的风物，突然有大朵大朵的红直扑我的眼里，在十月，那些大朵大朵的红没有唐诗的浪漫，没有宋词的婉约，全是热烈绽放，没底线，不收敛，放肆着，忽然心里会生出一些莫名的小动荡，小不安，小澎湃。

我喜欢火车如风一般急促钻入重叠大山间的隧道，突然一声鸣笛，一片漆黑，惊心动魄，是深渊，不过刹那，可我再也没有童年时在火车上因害怕依偎在妈妈怀里的念头，我只知道自己要去的那一方西南小镇一切都是好的。

我一个人坐火车去远行也有遭罪的时候，记得那年我在绿皮火车上整整站了八个小时，到了用餐的时间，默默填饱肚子，默默洗漱，没有睡觉的地方。我走到两节车厢的中间，不停地抽烟，忽然我在一面玻璃前看到自己的头发被秋风吹得似凌乱的草垛，真是一年空似一年的时光，我感觉一下子衰老了许多，那会儿默默地感慨着，心里充满了淡淡的忧伤。

那年深夜，我为一个浩大身躯有诗意有感觉的成都下了车。

我带着淡淡的忧伤听着赵雷的歌曲《成都》："让我掉下眼泪的，不止昨夜的酒，让我依依不舍的，不止你的温柔，余路还要走多久……"

我一个人听着这首歌走在如诗如画慢下来的秋夜里，这样的心情却为自己的心血来潮奔赴一座有感觉的天府之国——成都，总让我欢喜。

深夜这列火车往西南的方向还在前行。

我一个人坐火车去远行，只觉得自己充满了人生远行生活的味道，是啊，真实的生活一定是有烟火气味道的。此刻，我坐在这列火车上想着曾经去过的那一方西南小镇，那里的烟火气的味道很美，因为我喜欢那里的辣椒辣的真美，真香，从不缠人，就像那里的女人拥有率真的性格从来都是坦坦荡荡。我也喜欢那里的火锅异常的火爆热烈，那鲜红快绿的热烈颜色，就像刚出锅的热情似火的恋爱中的小情侣，味道十足，不能忘记。最不能忘记的，是那一方西南小镇的阳光不多，水汪汪的，空气清新，湿润，绵长。那里有我潮湿的情怀，有我游走的足迹，有我别愁的旧光阴，但我的心从未与它离开过。那年我初见西南小镇的景色就被迷住了，它就像河塘里一朵刚出水的精致的荷，别具一格的颜色，美而不艳，艳而不腻，我眼中总会泛起潮润不腻的绿和粉。那绿，那粉，我喜欢，是不能忘记的喜欢。

我在火车上给一个初识的朋友讲述——那一方西南小镇的烟火下朴实生活的气息。这不是我原话的复述，我讲述的原话比这生动多了。想想就喜悦。

我坐在火车上看窗外繁花绽放，看秋雨蒙蒙，看黄叶满地。为什么我耳边仍能听见那一方西南小镇的那绿那粉被秋风摇曳的声音呢？可我如果听不到那隐约迷人的风音，我怕自己渐渐被光阴裹住老去的心，一时找不到无处安放的地方。

我问自己，那一方西南小镇的那绿，那粉会老吗？

问这句话，多么让人难过，感觉时光是可怕的。有什么好怕？人生就这么短，短得如风烟散去的刹那，短得自己还正当好的年岁，那绿，那粉，怎么会老呢？永远不会老，永远就像我去过的那一方西南小镇深美静秋里的一个无与伦比的妙人。我喜欢给自己留下一点永不解开的神秘，那年在小镇、在远处、在安静的深处。

这是我的西南小镇，也是我不能忘记的很静谧很湿润又绿又粉的西南小镇。我始终知道那绿，那粉，永远不会老，永远一如我初见时的喜悦与惊心。

深夜，我在窗边掩面一刻，感慨一会。我知道自己要去的地方有多远，这列火车要去的地方就有多长。忽然又一声鸣笛，这列火车像秋风一般往西南小镇的方向还在前行，就像我潮湿一样深情喜悦的内心在前行，一直在前行……

第四辑　私人情怀

　　有时我在想,只要心中装有山水日月光阴的人,最私人的情怀无论它好它不好,回过头来,再看,怎能不值得人去珍藏去怀念和敬意呢?

私人情怀

这些天我心里很静,沉下来,再沉下来,我一直在不断地写着私人情怀的文字。

我那天去花市上,只见水仙花慈悲的开了,开的倾心、开的雅致、开的倾城。水仙花是清凉的花,看着就会生出满身心的清香,特别是这个"仙"字,感觉满肚子里的仙味都在这个字里面。水仙花,哪是什么样的仙呢?我无法想象,却总是记得,那仙味。

比如,西游记里面的牛魔王,他一定会来嗅这花的"仙"味,就像这个"仙"字,有清凉凉的美感,真妙,真仙。

我精心挑选一束水仙花,把她白皙俊俏的身姿放在手上,闻着那仙味,舍不得放下;把她捧在胸前看她刹那一瞥定情的目光,舍不得移动半步。万花丛中,唯有她散发出的魅力,有清淡不能忘记的仙味,缠绕鼻尖,不惊不扰,有私人情怀。

"私人情怀"这四个字最具有独立性,那是一个人的事情。因为,任何一次私人情怀的到来,全是自己内心的情怀,不是吗?沉默、安静、风情、绵长、浓烈、不安、遇见……这些词语都是我内心经常跳跃出来的私人情怀，一次次来时，我笑脸迎接，一次次走时，我总是怅然着与它们一一挥手告别。

私人情怀从笑脸迎接到一一挥手怅然告别，一次次，上演着往事的缠缠热烈甜蜜与哭泣。好在私人情怀从来不怕持续地重来，不怕厌倦，依旧是深情地在往事成为往事里不断地重复着，一成不变的重复着，仍然是飞蛾扑火，非要疼一把，才会满足，才会过瘾，仍然是一幕幕像浩大的春天一般卷土重来。再度卷土重来的私人情怀，那本身就蕴含着巨大的能量，最能直抵人心，很庞大，很隆重，很耀眼。

这铺天盖地重来的私人情怀，是不可以用语言来描绘的，即使能描绘的，也仅仅是能告人的一小段美好的时光，那些大段大段最私人情怀的美好光阴，是不可告人描绘的。不可告人的，只能意会的私人情怀。有时，它寂寂地没有一点声响——别以为世间最美的那朵，一转身，她寂寂地远去了，远到是你的陌生客，其实，她分分秒秒都在——有多少个夜深难以入眠呢？记得自己年少风华正好时的私人情怀，真是说不清，能让人恐慌不安，能让人夜不能寐，能让人饮爱时甜蜜，能让人饮恨时伤怀，人总会爱一次，动了真心，伤筋动骨一百天啊，还嫌爱的不满足，还嫌伤的不够，想想就心疼。

是啊！我们此生如果没有一场想想就心疼的刻骨铭心的私人情怀，应该是有遗憾的。

私人情怀，有些是用来铭记的，有些是用来刻骨的，有些是用来怀念的，有些是不能想起的，有些是用来终身眷顾你的。对于这世间的种种"私人情怀"，是多温柔多动荡多心疼的四个字！这四个字——属于这个世间的山河万朵唯有她最独特；属于那个浩荡明媚的春天里最温暖人心的阳光；属于那个年少风华锦时的内心有一团团炽热的火焰生生不灭，念念不忘，一生不忘。

念念不忘，一生不忘的私人情怀，只有自己知道。

是啊，只有自己知道，在睡梦中，总有一处温馨的地方，有一绢粉色的绸缎上面刺绣的一朵水仙花，看着清凉凉，素妙妙，放在月光下像钻石一样闪亮，忽而盛开，忽而优雅，忽而会探出洁白素颜的头来，看着你，安静，内敛，端庄——全身散发出清淡淡仙味的气息。你只要懂得那种气息里蕴含着无限美好的能量，那些属于你的欢愉、饱满、幸福，才会在与时间的对峙中不请自来，姗姗翩然，非常私人。

我们年轻的时候，总会为一个人爱得很浓很厚，总会把那份很浓很厚的私人情怀的心——放在青春时的风里欢快地唱着，轻轻地吹着，幸福地荡着……是啊，在那段最纯粹最干净最美好的小清欢的时光，是不能忘记的私人情怀。不能忘记的私人情怀总是过去了，那么，就把它停留在原处，永远放在心底最私人的那个地方，收藏于内心，也是另一种美好。有时，偶尔可以回味那些过去的难于取舍的私人情怀的光芒。

一个人活得有真气亦有私人情怀。

在这个薄情的世间，谁不愿意把最有真气的私人情怀一生一世铺在心底去珍惜呢，除了珍惜还有绵长相思的回味。珍惜、绵长、相思、回味——这几个词像春天里绝岸一处最美的仙境，总会让那些爱着的人们生生想起最美的人来，一直不停地想，不绝地想……

你不要再想了，还等什么，找一个恰恰好的时间，把那绢绝色的绸缎送给陪伴你一生一世爱的人吧，然后把它做成这个世间最倾城的旗袍给她穿上。一到云锦满天的黄昏，她陪你读书写字，那一行行美好的字字句句里——都是她穿着那款旗袍婉约动人的样子。一到花香月白的傍晚，你陪她倾心地散步，她再穿着另一款媚到骨子里优雅的旗袍，脸微红，鬓边别一朵水仙花，你以最深情的眼神看到的全是她春色绵绵的身姿，在那些花影日影月影下盛开重合的日子，她与你一起把每一寸光阴过成最美最好，再把她心中千回万转的柔情与你一起过成花过成诗过成妙人。因为，这是她一生光阴中最具光泽闪亮的那一部分，那一部分也是她最无与伦比的私人情怀最好的时光。

我一直认为这是上好的私人情怀的时光，生活很美，你不能丢了它，你不能没有生活。

这个世间有很多细碎烟火的日子，是它打动着我们。

比如，一个重来私人情怀的电话，再次相逢的喜悦，分别的泪水……感觉那种彼此的私人情怀已经很好了。可最好的，当你一次次转身回眸的刹那，那个最美好最婉约最精致的私人啊！好像永远过不完的是青春，好像永远走不过去的是风情，她的青春风情也是你所有最美时光里的私人情怀的总和。

有一年在南方某个小城的傍晚，我见过一个穿着素色裙衣清凉凉的女子，尽管她的脸颊半侧着，透过细细的身影，她只是从一条巷子里到另一条巷子里慢慢走远，消失。有时，为某一景物，为某一个身影，忽然在极短的时间会想起什么来，能产生极为耀眼的私人情怀的光芒，那种耀眼的光芒，无关年龄，无关风月，却有关往事。

在前天平安夜，我和几个同学看一场电影《摆渡人》。

坐在电影院里，我一边玩着手机，一边看着那些所谓的"私人情怀"的故事。其中有一个场面，是她们为某一个男人不要命地比着喝酒，是他们为某一个女人更不要命地往死里去飙车的镜头。那一幕幕被演绎得过于公众化的渲染私人情怀，有多少是真实的呢？电影快结束时，突然看到一个男人死去活来的哭泣声，他一会儿又傻笑，我一眼就看出因他僵硬的表情总觉得隔着万水千山，那是真正的私人情怀吗？可我宁愿相信这部电影那些演绎对白的私人情话，以及哭泣的泪水。

有时我在想，只要心中装有山水日月光阴的人，最私人的情怀无论它好它不好，回过头来，再看，怎能不值得人去珍藏去怀念和敬意呢？

小翠园

　　小翠园——写出这三个字有种被吸引的感觉，因为一个"小"字就容易楚楚动人，更何况这个"小"字与另外两个字"翠园"合在一起读出声时，瞬间能把人心都染成春天的景象了，润朗着你，不由的你就会想象着一片返青的小草探出头的颜色。那颜色透出一种极为细腻透亮的光滑，茸茸的，绿绿的，欣欣然，充满朝气，感觉含在嘴里有种薄荷凉凉的味道。

　　这是城北一个叫——小翠园的地方，也是今天一家人吃喜饭的地方。

　　我平日里爱和家人坐在一起享受烟火下吃饭的味道。我也喜欢"烟火"这两个字，因为这两个字好似小火慢炖的羊肉汤，把亲情、温馨、欢笑，一点一滴全渗透在这勺汤里了。那滋味——鲜美绵软，就如同是烟火下朴实的生活。

　　中午时分，一家人走进古色古香的小屋，围坐在圆桌旁，多朴实，多温馨，爆火的菜肴多香呀。席间，得知这天恰好也是姐姐的生日，她高兴地与家人碰杯，春日下，一家人面带薄红，平和嬉笑，慈悲又轻松。

我一个人走在回廊里，忽见一个穿着绿装上衣的女子，她端着一盘刚出锅的雪白的馒头，我好久没见过馒头上的那一点胭脂红了，仿佛满园春色一下子全浓缩在这点红上了，刹那能把整个雪白的馒头生动得像一只活蹦乱跳的小鹿，带着饱满的色气，带着红尘的好，带着喜气的风情，看了就会生出撩人的欣喜，是那种春天里欲罢不能撩人的喜心，看上一眼，就过目不忘。

我借着酒意的眼睛，看什么都是美的，特别是那点红散发出的私密的美，轰轰然，刹那被它所倾倒，倒在美妙的想象里，倒在艳艳的色气中。那点红又像风华年代谁的小名儿——笑盈盈的，喜气、惊艳、暖心。暖到这一刹那顾盼的眼神，有种莫名涌动的满足，好像走进了一场惊梦里，顷刻间，连自己也说不出口为什么会发出那扑通扑通的心音呢？

那扑通扑通的心音，就这样被那点红一下子侵略了，惊了心，惊了魂。那一刻，谁能经得住那最精致的一点艳艳的红呢？

我庆幸，一个偶然的邂逅，让我一下子把那点红认成红颜知己了——原来在日常朴实的烟火下，那一点最美最精致的红，是艳艳惹人眼目的，是喜气安稳的，也是撩人心扉的，那才是最美好最蜜意的生活呀。

我在小园子里闲庭散步，忽然看到前边的院墙上，有一小枝红出墙来，这是谁家的一小枝红呀，那人家也真是的，这么微小娇美的红，为什么会有一把小铁锁把它锁在院墙里呢？春天来了，真是锁不住关不住它的呀。

春风再来，这一小枝红，如风一般的灵动，轻轻一跃，只见它多俏的身姿在绿叶间伸展着清幽的媚，散发出清淡的香，它以自己最美的姿态挑逗着你微醉下的情绪；它用自己最独特的美勾引着你带点酒意故作淡定的魂魄。那诱人清淡的香，忽地一下子扑在了你的鼻尖上，刹那能让你怦然心动，好像谁家穿着一袭红衣美好的女子，向你微笑，从心里面懂得你，满眼满心的慈悲感觉与你很亲近。

这样微小而可爱灵动的植物，总让人心动不已，它以自己的方式小心翼翼地生存着，绝不像玫瑰，有着全身粉饰豪气夺人的眼目。

玫瑰，知道自己有多招摇吗？知道自己有多娇媚吗？可是，这个世间的大多男人都喜欢玫瑰，红玫瑰，白玫瑰，还有最珍贵的是蓝色妖姬。张爱玲说过一句话："一个男人总得有自己的红玫瑰和白玫瑰。"

我倒不这样认为，一个男人，有那么多玫瑰成天簇拥着并非什么好事，只要因爱为你心甘情愿怒放一朵花的人，哪怕就像这一小枝红，即便不豪气夺人，只要情深不已，只要绽开永恒，就是你命中注定蜜意的人了。

我想谁看了都想把这一小枝势孤的红接下来，想与她来一场在声势浩大的春天里私奔的美好。

我相信，如果这一小枝红与我是同类，她定会有满满缱绻的情怀，亦有多少素净，真心真意真情与安好。

我想到人的一生中，总有个时候，不同寻常，看到这一缕缕可心可怀的时光，人与它，它与人，好似有人生初相见在温馨的阳光下——暖心地看着那别具一格最美最耀眼的光泽。那独有魅力的光泽恰是少年时的春天，又似一个久别重逢的旧人，忽然能产生初恋的情怀，足以让人动容。

在春光满园的日子里，我仅仅做了一个男人最平凡的角色。请允许我真心地记着那一点惊魂的红，人与它的邂逅，好似谁的青春，也是我心中完美的青春。请让我真情地记得那微小而可爱的一小枝红，人与它的相遇，就像谁的人，也是我心中完美的人。

有时，偶然的相遇。其实，是在春色满园里邂逅了另外一个自己也不知道的自己。

临走时，春风过处，还是绿得晃眼，红得惊心。回眸一瞥，小园子里的人们慢慢多了起来，人声鼎沸，这凡俗热闹，雀跃非常，人们都过着一天好似一天很喜气很热烈的生活。

今天窗外的阳光折射进来，照在我身上居然一股一股地散发出一种暧昧的味道。喝上一口春天的小龙井，忽然那种说不出口的发出扑通扑通的心跳又一次漫上心头，泛滥着我内心的小情怀，让我独喜，独想，独占拥有，感觉春天真好。

忽而盛开，忽而优雅

一到周末，我喜欢在整个沉静的傍晚，冲上一杯卡布奇诺，冒着浓郁优雅的香气，自斟自饮，自清欢，再燃上一支香烟，这时倒觉得自己是一目了然简单得不能再简单的人，不求物质多丰盈，不求人上之人，有简单真诚的心足够。这个时候，一旦灵感随着咖啡的香味上来了，简单写点文字，那会外表平静，内心丰富。

我总是那样的贪婪，有简单丰富的心，还要有优雅的气息。

我喜欢把那些灵性散落的文字，用一根精致的细丝串起来，一排排整洁地放在白纸上，忽而那些串起来的字句会开出一朵朵花来——刹那便露出最独特奇异的色彩，那种色彩，在好多深夜，我一直在注视着它们，花儿朵朵都开得又精致又闪亮，它们想和我说话时，便个个昂着盈盈笑意的脸没完没了地和我说着，聊着，亲昵着；倦了，不想和我说时，它们尽情地生长着茂盛的绿叶。忽然我想把那些在白纸上盛开的朵朵花红都随风散去，唯独留下一朵暗夜里的小幽香，那才是贴心贴肺的香。如果这朵是蓝颜，就是岁月里的锦上花，如果这朵是红颜，就是春夜梦里归来的枕边人。

心底暗思量：什么样的男人会配得上这样的一朵忽而盛开盈盈笑意的花儿呢？

你说，我在做梦吗？

是啊，人生如梦，我投入的却是动荡不安的真情。好多这样的深夜先爱上了我，我不能不爱它。可我一定要说那些忽而盛开的花红万朵——让我忽而生出的那些独喜独享独霸拥有的小情怀，是因为每次与你们照见，我最爱春宵梦里最别致的那朵。

有人问，你在那个时候，真能听到那种动荡不安的心音吗？

我可爱的朋友，让我怎样给你说呢？

能听到，真的能听到。好多次，在清静的子夜，一直在动荡不安地跳着，跳碎了我很多丰盈的东西。那个时候连自己优雅的小情怀都为别具一格动荡不安盛开的深夜——心惊肉跳。别具一格意味着不庸俗却优雅。

我一直认为，一个真正的写作者应该听到那种别具一格动荡不安的心音。不如说，一个真正的写作者应该具有这种别具一格优雅的气息。可我毫无保留地说，这种优雅的气息是我保持多年以来不可改变的气息，就像明清年间的青花瓷一样在深夜里泛着蓝色的光，清亮亮的、有着绝不雷同优雅气息的光亮。

亲爱的朋友，我也只能这样地回复你了。

深夜，我极其需要这种别具一格动荡不安的心，看着优雅，沉默，不发一言，它来自我另外一个情深的内心，如影随形。于是，在很多这样的时间很幸运，我在寂静的子夜里能写出这样盛开惊艳的文字。我也经常在这样的子夜里回味这种盛开惊艳的文字中散发出的优雅的气息——慈悲、柔软、幽香、欢愉、端庄、跳动，终生不肯放过你，像青藤一样缠绕你。只要你还活着，你给它岁月以深情，它还你光阴以优雅。

深夜，我更愿意被这种优雅的气息大口大口的吞噬，不留痕迹，一点都不留，总会心动不已。

　　有时，忽然我会在这种优雅的气息里看到另外一个深情的男人，那是我吗？如果是我，我喜欢那样的自己，那个优雅的眼神很亮的自己；那个优雅的坐姿安静的自己；那个沉思不语且内心丰盈优雅的自己；那个全身优雅美不自美的自己。

　　我喜欢日常生活的气息，就如同午夜窗前传来的风声，雨声，有时清欢、有时散淡、有时细腻，忽而发觉原来这种气息，也是一种雅。记得见过一个女子在桥上抬头望天的那种雅到极致的神情，那一刻我看着她的神情和我一样，我忽而会喜欢自己那种望天的神情。

　　我造不起苏州园林式的园子，而我却有一座唯美精神的庭院，对那座唯美精神的庭院，我相当满意。如果哪天深夜，有人来造访我，我不在，请你推开我精神园地的柴门——去风轻云淡的亭边坐上一会吧，真诚地告诉你：那里没有世俗的纷扰；那里没有市井的浮躁；那里没有油腻的红尘，只有诗意和远方，只有万物深情，禅意朵朵，流水潺潺，滴答的雨声，宋韵唐风，幽远的箫声，琴声，如此动人，如此闪亮有光泽，要多禅意有多禅意，要多优雅有多优雅，它们都会真情地陪着你，给你看你想看的精神的庭院，给你说你想听的精神的禅语，因为那里很幽静，很风情，很温馨，很美意。

　　请让我始终保持在属于自己的一座精神的庭院里的一往情深，是孤静自赏的一往情深。

　　这一切我想说的——感谢内心把那些像朵朵花儿一样灵性散落的文字整洁地串起来——排列成行，无论写得冷与热，可我看到的，是这种有唯美底色优雅禅静的文字，哪还有什么比它更好更迷恋的呢？

　　——子夜越深，这种优雅禅静的气息在一座唯美精神的庭院里，与好的风物和一个有趣的灵魂相互渲染就越浓。我这样一想，忽然心情就荡漾开了，你我只要遇见，你会忽而盛开，我会忽而优雅。

泡桐树的少年恋

今天午后听着音乐，喝着两口刚泡好的小绿茶，闻着小阳光温馨的味道，春天来了。

偶尔，我在书柜里发现一本老得发黄的笔记本，那泛黄的笔记本里——有我少年时代手抄的歌词，有我那时写的一首首不完整的诗。看到那些凌乱的诗句中有潜藏着等待的旧光阴，现在看着反而能给你一种贴心贴肺的温暖。

上初中时，男女生不同桌，大多不说话。班里有一个女生，一到春天，她经常穿着一件浅粉色的上衣，干净的白球鞋，扎着两个不长也不短的小辫，白净的脸颊透着青春的那点红。在我的记忆里——她在班里是最漂亮的一位女生。记得有一次放学远远跟着她，只想知道她家住在哪个地方，我又怕她知道，就像怀揣着一只小兔子，心里怦怦直跳。以后，我每次看到她走进长长的院落，就会不自觉地伴她左右，似乎有种神秘的力量牵引着我。

那些日子里，我回到家坐在自己的小房间里，就想写一些神秘洁白的小诗。有时，我写一会儿看一会儿，再发一会儿呆，怅怅然。从此那个穿着月白衬衫的忧郁少年，为一个美丽的姑娘，心中充满了懵懂和躁动，那滋味就是整天的不安。

少年时的恋，我喜欢一个美丽的姑娘，全身心莫名其妙地喜欢，那年我十四岁。

——那段懵懂躁动的日子，我真正的初恋是单相思。

少年时的单恋，那些日子把自己的心情忧伤成诗温暖的铺在心底，无休止的喜欢一个美丽的姑娘，迷恋一个美丽的姑娘，常常想象着与她产生美好的爱情，想和她说说话，想和她拉拉手，想和她看一场电影，美到不着边际的想象着又带点青涩的伤感。

我从没有忐忑不安地在她面前说过"喜欢"二字。不敢，怕说出来，是一地月光的苍白，暗自伤心。

有时，想起自己忧伤成诗的那段光阴，或许，只有年少青春时才能承受那种单恋的独角戏懵懂的爱情。

那些春天明媚的日子，我漫无边际的想象着简单懵懂的爱情，还有整日不安的躁动和忧伤，现在想起一点都不过分，喜欢到痴迷了可不就是那个样子。

我上初一的下学期，因家搬迁到城南，我从二中转学到九中，从此再也没有见到过她。我以为看不到她的日子，那种懵懂躁动的心情，很快很快就会过去，因为那种心情让我忧伤了好长一段时间。谁知越这样想，反倒是越发的忧伤，到后来想起那段心情都好似心上的一滴晶莹珍贵的水珠，觉得稍微有点不安的动静，那颗晶莹珍贵的水珠就会坠落。

读高一时，学校有图书馆，我借过一本林淑华写的自传《生死恋》。作者用第一人称讲述了 20 世纪 30 年代发生在上海她和徐惠民自由相恋的真实往事。她是旧上海一户富家独享万千宠爱在深闺中的独养女，有知识，有个性，温婉多情，而徐惠民却是一个才华横溢的穷书生，与她是邻里。因两家门第悬殊而遭到家人的百般阻挠，林淑华为了真情真爱顶着那个时代封建家庭的多方压力，她与他，相恋八年，等待八年，最终她和徐惠民冲破重重阻碍一同携手走进了神圣的婚姻殿堂。

两年后，徐惠民因病撒手而去。她在书中自述了与他八年的苦恋，从喜结连理两年的相守到天人相隔的悲情故事。

那本书，我甚至到了看到入迷的程度，上课时偷偷看，回家看。记得那年我足足看了三遍，每读一遍，就会暗暗掉眼泪。我清晰地记得徐惠民写给她的一封封满含血泪的情书，我甚至能一字一句地背下来。许是这本书的缘故，有一天，我终于鼓足了勇气给她写了一封信，写起她的名字，就高兴，就颤抖，就不安。

那年一个春天的清晨，我把写给她的一封信投进了马路边的绿色的小邮箱。有激动，有不安，有等待。

高中学校有好多泡桐树，三四月间，那些大朵大朵的泡桐花，开满了整个学校的天空，要命的粉紫色，要命的美。我经常站在一棵茂盛的泡桐树下无限惆怅的等呀，等呀，等了好长时间，等到下雨天桐花落下的时候，那一片片大朵大朵粉紫色的花飘零满地，与我等待的心情一样寂寞又黯然，也没有等来她的回信。

今年春天来时，窗前的那棵泡桐树，依旧开满了粉紫色的桐花在风中摇曳着，几乎伸手可及。一到下雨天的日子，那些大朵大朵像绸缎一样的泡桐花，我触摸一朵，捧着它，满身的雨露，微微颤抖，就会想起少年恋化不开的青春时代，一个人站在树下无限惆怅等待的泡桐影。

那年的春天，感觉特别的长，可随着光阴的飞逝，那一季的春天又感觉特别的短，一转身，一刹那，就薄了，淡了，没了踪影。有时，偶尔想起我人生最躁动不安等待的小情怀，它都是在那一片泡桐树下的光阴度过的。

少年恋等待的记忆，已散落在那一片开满紫色花朵的泡桐树下了，反而现在想起只是感觉无比的唯美和单纯。

今年泡桐树开花的季节，有一天吃喜饭的时候，忽然看到她。远远看着她微微发胖的身体,那么平静,那么淡然,那么风烟俱净的神态,只是感觉她成熟了很多,又觉得那时的美好单纯的时光,这么快,这么快,就这样一晃过去了多少年。忽然发现一直在我身边还有那颗少年恋的单心,只是不再有少年时无休止的忧伤和不安,不再有轻易地掉眼泪,不再有那样忧伤成诗铺在心底的感觉了。那天看到她倒觉得是一种怀旧、唯美、珍贵、难忘,好似发生在昨日春天里的故事。

我知道,那一段美好的光阴都过去了。

我的过去就是少年恋的故事,终究会过去。只是在往事的青春里充满着我少年时的那点伤,有时想起就会感动,很美好,只因她是让我第一次心动的一位美丽的姑娘。

我的人生有多少次为一个美丽的姑娘,写起她的名字,就高兴,就颤抖,就不安呢?

那年也只有那一次,我站在开满粉紫色花朵的泡桐树下,一个人整天在脑海中闪现出的——全是那个穿着浅粉色的上衣,干净的白球鞋,两个小辫不长也不短的黑发,白净的脸颊透着青春的那点红。是啊,那年等待的旧光阴对于我有难忘的小情怀。那难忘的小情怀,就像那年我没有写完整的一首首洁白惆怅的小诗,就像那年的春天我怦怦的心跳和等待的旧光阴,有怀想,有孤独,有不安,有那一片泡桐树茂盛地开着,要命地开着,要命的粉紫色,一树满花,又一树满花!在风中摇曳,几乎招摇死了。

有一次重回高中学校,校园已变了模样,那一棵棵泡桐树都没了。我问自己,那些树呢,那些要命地开着粉紫色满花的泡桐树呢?

那天临走时,忽然落起了雨,那大颗大颗的雨点打湿在脸上,我的心好像也一直在滴滴答答的落雨……

那天黄昏的雨中,我知道我在寻找着那些大朵大朵粉紫色的桐花,与那年春天一样有些忧伤不安单纯的小情怀,旧光阴。

花开花落，唯有深情知

中午时分，我来到一个地方，看上去是一处四方方的小园子。一进月亮门，满园子里的阳光似乎格外的眷顾我，感觉自己的整个身体被阳光围着舒展着——来迎娶春天最好的光景。我看着每一个角落都有春风的小翅膀似的，春风拂着摇曳的绿呀，绿得晃眼，春风拂着摇曳的红呀、粉呀、白呀，红的惊心，粉的不安，白的动荡，就像这几个字的美感，哪怕你再迟钝的心——都避不开这满园盛大的花事，那一刻打破了我内心的平静。其实，心头早就荡漾开了。

你看，这一棵棵花树，有集体的丰盈的美感。那将要绽放的一朵朵小春花，仿佛都有满心的暗恋藏匿在属于自己的一朵水灵灵的花蕊里，她们好像在等待谁似的。你再看，那一棵棵花树，有一树是穿了红衣的，有一树是穿了粉衣的，有一树是穿了白衣的，仿佛又是一群十七八岁各色的小女子，她们挤密在一起摆好各自的姿态，风一吹，呼啦啦地开了。从远处看，全有着美灿的样子，你分不清谁是谁。

我叫不上这各种花的名字，只是春风一来，小小的花蕾突出蕊。那朵朵花蕊忽闪忽闪的，就像少女明亮的丹凤眼似的，有怕见得人的羞意。其实，一旦开得彻底了，就不羞了，就不怕了。不怕了，就尽情地开，就拼了命的繁花似锦吧。遇见美好的春天，就要开得彻底，不就是这个样子吗，不然如何算最美。美吧，美吧，还不停地念念说，我心里装着一个人啊！我心里还装着整个明媚的春天！

我看着那一朵朵花儿疯开的样子——心里就跌宕了，如何不动心。

小园子里整个中午的阳光是明媚的，而温煦的春风裹着各色的香能将我一个赏花的人整个包围，此时我赏花的人心也被各色的一团团清香的花气推得一波一波的，几度荡漾。忽然，春风再来，仿佛那一朵朵疯开的小春花相互看着对方，手牵着手，听着春风的号子，不约而同知道如何光着脚丫子在风中飞舞，那满园飘零的舞姿好似自天空落下，当飞舞落地的瞬间，觉得这一朵一低头的娇羞，觉得那一朵一举手的婉约，有种说不上来的优雅的美意，刹那在给你一个绝色的回眸，全是无可比拟的风情。那种妙，你不看都不行，是集体缤纷的落花之美，异常的豪夺人眼目，惹人心动。

你看，那一朵落下的时候，是粉红的，是有温度的，自己恨不得赶快落下。就像《金瓶梅》中的一个用粉红丝绸裹着身为爱赴死的华贵女人，为了她心中所爱，明知是死，也值了。其实，她们都知道，在最好的春天里，开过一场花期，爱过一次，死过一次，真值了。

有时花红衬绿叶并不是绝对的。

右墙角下，在一个僻静的地方，有一株花树，细细的腰，没有绿叶，一粒粒小小花苞微微露出淡粉色的脸颊，她们安静地悬在瘦瘦的枝干上，生怕惹了谁似的，小小的，不和同类争此美好光景。初看上去并不起眼，不撩人心扉。可是，再看它时，一定会看到你心里，独自瘦出另外一种美，是慢慢绽开的力量，散发出一种骨感袭人的香。那香，是暗的，是素的，是静的，是禅的，是一种古典暗香的气息牢牢地控制着你，一定会吸引你，就好似《红楼梦》里的那个柔柔弱弱、多愁善感的小女子的气息。

其实，她们也知道，一旦过了这场古典的花期，也是独自默然凋落，最终归于尘归于土化为泥，禅雅旖旎终究会过去，死了，就是死了。

前几年，我一直走在江南的路上，每到一个多水的小城，我喜欢自己一个人去闲逛有花的小街小巷。

我承认自己是一个与生俱来迷恋那些有花的小街小巷美好时光的人。

比如，少年时，我一个人有好长一段时间迷恋过在开满了浅紫色花的一棵泡桐树下，等待着一封信的消息。那时，我也迷恋过在傍晚的一棵花树下，一个人弹着吉他唱着春天的歌，在春风里等啊等。有一天傍晚，我在湖边散步，有一个小男孩叫我叔叔，忽然意识到是在叫我。我在想，再过不多年，就有人叫我爷爷了。真的，人生过得就像这一季迷恋的花期很短暂的。

春色满园的一棵棵花树，我知道你的花期很短暂。有人说，这个世间美好的东西都是短暂的，像春天，像青春。所以，我才会心甘情愿地看着你珍惜你。忽然我想起一句话：我看你是美心花，你看我是世俗人。

是啊，世俗的人有颗爱花的心，一定包括我。也包括，一只春蝶为一朵美心花扑来，因为那朵美心花有毒，有瘾，看不完，看不够，相互吸引，相互传情，就像人间最美的爱情。作家苏青晚年说："我只要开一季的花，因为，不知道是不是能活到下一季。"这句话有些悲情的意味。我想只要活在这个世间的人们，为开一季的美心花，就要盛大的爱一场，因为人生太短暂，青春更是刹那。

一到春天，人与花，花与人，彼此邂逅一场春色满园的情致，真是让人情感复苏的季节。

我一直喜欢读散文，更喜欢台湾作家林清玄的散文。我每次读他的那篇散文《梅香》都会感怀心动。因为，心美，一切皆美，你自然就可以闻到这个世间那枝梅香的情味。

如果没有她——花儿怎么会香呢？

她就是一朵花，是一朵最美最粉最亮的美心花。这朵美心花一旦落在爱情的烟火里，花开花落，再开再落，花影日影月影一直延续重合，是人间最美的大爱情深，是人间踏实的大爱温暖，也是人间不老的爱情。一生中，如果有一朵美心花在持续重复最美的光阴里为我尽情的开过，何为不值。如果为一朵美心花在持续重叠最好的年华里为她倾情地爱过，爱不够，爱不尽，为她而死，又如何？

我真贪婪。因了我世俗，我喜欢，真的没办法。也因了花开花落，唯有人间深情知。

我想飞

三月里的风吹在脸上,感觉都是痒痒的,是性感妖冶的样子,有种说不出口的味道和迷离,还有些羞意,就是春风。

羞意的春风,总是那么恰恰好温暖地吻了我,像你。不,就是你。

春天也像我少时的青春。所以,我年年这个时候欲惜春,而春天总会刹那绝情而去。可是,你再短暂再绝情,每一天每一时在我眼里我心里都记得你美好羞意的样子,还是异常的生动无比。

我走在三月明媚的春天里,有无限温暖,有无限美意。仿佛温暖和美意就是一夜之间,其实就是一夜之间,春风吹得全是新绿植物抽芽的声音,全是一粒粒花苞刹那初开时性感的妙音,一切没有了想象,没有了神秘,什么都绿了,什么都开了。

深夜里——我怀着一颗春天的心,不能不想,不能不听,又娇又柔,挥之不去,仿佛划过春夜里的那些不安,浓烈、湿润、战栗,一夜之间跟着温煦的春风全都来了,全是春天醒来的气息。

春天醒来的气息,是一种温暖人心无比妙意且神奇入骨的东西。

春天一来，这种气息总是迫不及待地与你如影随形，忽而会出没在你的春夜里，转眼能把人心紧紧裹住包绕。我无力抗拒这庞大的春夜里持续地扑上来，再扑上来的那种无比妙意且神奇的气息——就像一个新鲜饱满的橙子，仿佛咬上一口，能流出很多春天的汁液来，全是春天的味道，有不动声色清爽的酥软，有酸甜的绵声凛凛，仿佛全溢满了耳朵，耳朵里有没有熟悉的酥软、凛凛与娇媚的步声呢？

有，这注定是春天里的一种无比妙意的气息与神奇。

如果有人问，你就说，这无比妙意的气息与神奇，它从多水的江南缓缓而来，还有很多在初春夜的空气中不断持续地飘来。她不顾一切提示着春天的到来，一种温暖人心气息的存在，还有不动声色清爽的酥软，还有酸甜的绵声凛凛，这些都像春夜里的想念与忧伤。春夜里的想念与忧伤，它无时无刻都在繁殖，分分秒秒都在延伸，铺天盖地而来，是庞大无形的远意，是每个明媚春意的形状，没完没了的扑过来——在温馨的春夜里似乎能把整个人给吞噬了，兴奋在里面，欢快在里面，呼吸急促在里面。

我喜欢与明媚的春天面对笑意，我喜欢羞意的春风扑上我的脸，吻上我的唇，我亦喜欢在春夜里与妙意且神奇入骨的气息面对面倾诉倾谈。那个时候，内心装着清幽和深情，内心装着柔软和蜜意，内心装着这个浩大轰轰烈烈的春天——全是一个人。这个人，就是一只自由自在飞翔的小春鸟，在空中飞，在桃花依旧笑春风里飞，在山间的绿树丛林里飞，在飞过我的窗前，在飞到我的头顶上久久盘旋。在阳光下，在春风里把自由自在飞翔的身姿都染成五颜六色春天般的样子，她快乐温暖地以自己的方式活在春天的世界里，神采飞扬，气场强大，永不停歇，飞啊飞，飞啊飞，她就是春天。

我沏上一杯春天里的小绿茶，这样一想，忽然眼神里飘出一只五颜六色的小春鸟，亲昵呀，可爱呀，她从花开绿意的江南不远万里一路飞来，再欢快地朝向万物开启，朝向万物深情地飞向了北方的春天。

怎能忘记，我去年用心把她派往江南，我今年用文字再把她派回江北，飞翔在我的身边，飞翔在我的书屋里，一屋子里刹那全是金子般明媚的春光啊，香水薄荷，白玉兰，还有窗外的樱花全都不要命的开啦。此刻，我急切地想和她一样自由自在地再次飞出窗外，在浩大美意的春天里一直飞翔，与她一样再从江北飞往江南。

我想飞。

我真的想和她一起飞。

你看，我只是和她飞翔的方式不同——我用心在和她一起飞，我用文字在和她一起飞，我用一双隐形的翅膀在和她一起飞。

多美多绿多好的春天啊，我要和她一起比翼双飞。

忽已又是一年仲秋满月时

傍晚屋脊上的月亮匆匆先是缺圆的。不一会儿,它快要露出整个笑脸的时候,忽而有一丝清风轻轻一吹,把柳絮一样的薄云又笼罩住那一轮初上的新月了。可是,仲秋的傍晚让我爱一次半归的月,总觉得是不够美好的!

我披上单衣,一个人散步在寂静的小路上,满心期待去看仲秋圆月了。

天高,水远。我独自站在一处秋晚的况味里显得是那样的渺小,我伸出右手和一切可爱的风物招呼时,与我应和的声音都是微凉的秋风。不知什么时候,这庞大的仲秋夜——它悄然没声儿流满了一地的月光,我不知自觉地躬下身子伸出双手捉它时,捉住的竟是梦一般晕粉的月光。停下脚步,再看它时,谁知它很快蜕变成了银白色,这亮色的白好似夜下的花蕊上一滴晶莹的露珠,仿佛滴在我身上感觉是清凉凉的,仿佛滴在我手掌心里像捧着一滴秋水的干净。

我喜欢这亮色的白,这白有暗香。

你只要有一颗深情持续的心,于仲秋夜里,可以就着一地的白月光用心闻，就可以闻到一种清凉凉的暗香，那暗香又干净又婉约。干净、纯粹、静美、婉约而且白，这几个字总是能打动人心。看着这动心的白，就会想起台湾作家席慕蓉诗中的月光：

"我曾踏月而来，只因你在山中，山风拂发，拂颈，拂裸露的肩膀，而月光衣我以华裳……"

我每次读到她的这首诗句，在那个年代总是感动不已。

我经常在古诗词中读到过白月光。从前的古人一到仲秋，便喜欢聚在一起借着月白抒发自己的情感，或写文或写诗或作画，月白成了古人笔下的点缀。突然哪家屋门开启，又成就了一位花容纤秀挑灯赏月的女子，月白来时，她来，月影走时，她走。古人的文中诗中词中画中的意境，每读，每看，唯美得要命。

我一直认为古人的心境好，而自己的年龄越大越喜欢古人对仲秋月夜抒发的那种情怀的意境——唯美与安静。

总之，我喜欢这亮色的白，我爱这亮色的白，就像人得有一颗像月光一样干净净，素白白，清亮亮的心。

一到仲秋满月时，总会想起那年我在南方和两个好友小酌等明月，一杯一杯复一杯，那会儿饮酒亦醉人，看新月变圆更是醉人。记得那年我与两个好友第一时间感受到了仲秋月圆的心情与恰好赏月的意味，也立刻感受到了我与两个好友在仲秋赏月下的生活的情谊。也是那会儿用最雅最妙最适合自己心情的格调，来款待仲秋月圆，来款待好友，来款待自己。此刻在月白下，忽然总会想起谁，我便拿起手机想给远方的好友写几句月光下的诗句，待到写好时，却发现只是这样做就很美了。于是，我默默地又趁着一地的白月光念着那首小诗，忽而抬头望明月，再想着多年未见的好友，这种仲秋月夜月明时的心情，是一种情怀，是一种优雅，也是一种情谊。

是啊，我喜欢这样与生俱来诗情画意浪漫的情怀。这样的情怀是对生活是对友情的敬意之心，也是对仲秋月夜月明时的敬重之心。

我一直相信对生活对朋友有情怀的人会对仲秋月明亦有情怀，因了这样的情怀，也总会想起月下阿炳的二胡声，那凄美的琴声，就像月光一样白，就像月光一样凉。因了这样的情怀，也总会想起某个电影画面的镜头，秋风吹着一个男人潦草的头发在古老的城墙根下吹箫，那空灵孤独的箫声，让人一下子就能记住，有很浓烈独自成行逢秋悲寂寥的状态与个色，是孤绝的。

这个世间还有比阿炳的二胡声更凄美的吗？还有比浓烈独自成行逢秋悲寂寥的箫声更孤绝的吗？

有，白月光。

自古以来它以一种浩大铺天盖地的方式包容了所有很浓烈很独自成行的凄美与孤绝，来掩饰自己多少悲欢离合的故事。可是，谁能看清从古至今白月光的心思呢？

白月光。就像人间不老的爱情故事，不然怎么会有千古绝唱的悲欢离合呢？那些悲欢离合也终究是少数人的事情。而白月光一旦落在这个世间众多的爱情里，就有了人间朝朝暮暮的真情，就有了人间最美的浪漫和温馨。所以，那自古以来的满月花香，它只赠给那些彼此最真心的恋人——在镜花水月里爱恋的他和她呀！而白月光一旦落在众多的婚姻里，落在柴米油盐里，就有了烟火气，是人间的温暖和踏实。所以，那千古不变的满月和美，它只赠给那些彼此最真情爱不尽的眷属，在一粥一饭之间，她问他吃好没，明天还吃什么？在一朝一夕之间，他提醒她，出门要加衣，仲秋了，天凉了。

我们一生中，谁不希望有这样的爱人，在满月花香下用真心真意真情地爱着，在满月和美下用持续重复的温度爱着，彼此开始有多爱，到满头白发仍然是那样初心地爱着。

有人说：仲秋满月俗。我倒不这样认为，因为俗气的东西才是人间最真意最朴实的情怀。我想再过些年自己到了稍微凋零的年纪，那个时候，哪儿也不想去了，就想和俗气的仲秋满月在一起，一直俗气在优雅且妙意的月光里，一直沉溺，一直沉溺，不能自拔。

今晚，一个人走在铺满细碎石子回家的小路上，请让我继续保持对仲秋月光的一往情深，有如我童年在月光下捉迷藏，有如我少年在月光下弹着吉他唱歌，有如我当下在月光下抒怀人间最美的情意。

一到仲秋月夜月明时，我一直想为月光写点什么。我知道把它写出来，是干净纯粹的白，是清凉婉约的白，即便自己是对仲秋的月光要求完美的人，我认定今晚的白月光是完美的，而谁能得到像白月光一样神秘完美的爱情呢？

我不知道，夜不知道，风不知道，唯独白月光知道。

一转身，仲秋夜越来越深越来越浩大，抬头再看月亮越来越圆越来越清明。那清明温馨的光泽一直伸向有白月光的远方……

忽已又是一年仲秋满月时。

最好的时光

　　月光下,我一个人散漫地走,看自己悠然的身影,它比我还散漫悠然。我再急促地走,它一路急促地跟随,我走上一会,停下脚步,它也停了下来,我坐在岸边的亭台上,休憩一会,它静静地纹丝不动。这散漫悠然的身影、站着的身影、坐着的身影,看似虚拟或长或短的身影,忽而在前,忽而在后,忽而连自己都搞不清楚这到底哪一个月光下的身影,才是最真实的自己呢?

　　我再看它时,这既简单又神秘又干净浅喜动感的身影,一任薄寒的风吹着,风轻,它柔,风走,它动,风声鹤唳,它瘦。

　　简单,神秘,干净?你更喜欢哪一种状态下自己的身影?如果我还是青葱懵懂的时代,一定会选择神秘的身影,最好永远都是那么神秘,永远都是看不清楚的英俊少年时的影子。就像那时我看了一点点大家的书,只是看些表层的东西,说起来知道徐志摩、朱自清、沈从文、萧红等。那时我无论见了谁,就夸夸其谈,好像自己懂得好多,让别人感觉很神秘又看不清自己。其实,那只是用来掩饰自己的内心。

我曾经在不安躁动的青春时，喜欢一个人，为那人写了好多首小浪漫的诗，为那人写了好多封小神秘的信。有时，我喜欢整天把那些躁动不安的小心情，放在自己用红笔写的诗里，放在自己用蓝笔写的信里，而自己那些不安躁动的身影在诗中在信中被小清风呼呼地吹着，吹得心怀不宁，吹得天天装的全是那个人，吹得啊，想疯了——想逃。想逃到天天装的全是那个人的心里，多浪漫呀，多神秘呀。其实，我那时恋上懵懂的爱情这回事，是自己与自己单恋的独角戏，或者是爱上了那段在诗中在信中的青春时光里——那个神秘躁动不安的身影。

谁不喜欢最好青春时的自己，只是再好的青春时的身影已经过去。过去的适合两个字：忆起。忆起曾经最好时光里的那个神秘的身影，刹那定格在那一瞬仿佛被凝固住了——是那时暗恋那人最好的旧时光，只是最好暗恋那人的旧时光早就为爱情死去——最适合做成暗恋琥珀中的标本，把它夹在曾经自己用红笔写的诗中和用蓝笔写的信中。偶尔，惆怅时忆起。

有时，我反过头来想想，并不觉得可笑，只觉得如果时光重新来过，一定不会让那个单恋神秘的身影——再走回头路。

到中年的时候，我越来越不喜欢喧嚣的地方，更不喜欢市井一拥而上的东西，倒是喜欢过着简单且朴实的日子，不在乎别人如何说自己，因为这样的日子，是自己过的，也是自己认为最适合自己的生活方式。过好每一天，不虚度每一天，足矣。尤其，在今晚月下的时光，我喜欢自己那个简单的身影，不如说我喜欢现在那个简单丰盈的自己。

我总会记得最好的时光，也总会记得有一年冬季，我和一个知己好友在街边散步聊天，两个人没有方向的走啊走，聊啊聊——我们每走一步都能从彼此的眼里得以饱满和从容，我们每走一处都能从彼此的心里得以简单和安静。一转身，再看彼此简单的身影沉溺于最好寒冬的夜色下，只是一切还没有来得及，我与那年冬天里最好的时光已经放了手……散了，远了。可我内心却始终为那年冬季最好的时光放养一匹小骏马，独自奔腾，颜面上从未动过声色，偶尔心怅。

时光，有心生美意的，有心怀欢喜的，有一生一世难以忘怀的。当然，有惆怅的，有心酸的，有悲情的，更甚者有在一段小时光里一直有着低温不堪的心情。

如香港电影明星舒淇终于洗净了过去穿在身上的一件件烈艳"底色"的衣服，她在侯孝贤导演拍的电影《最好的时光》中演绎得非常清幽静美，没有一点风尘滚滚的味道，她用最好时光里的自己征服了好多观众的掌声，她得了大奖。上台领奖时，刹那一束温馨闪烁的聚光灯耀在她一个人身上时，她声泪俱下——那泪水，是纯净的，是清澈的，是发自内心深处的。

为什么要声泪俱下？我倒以为这个时候，她应该不露声色——别人怎么看她以前拍过的那些片子，那是他们的事。我只看现在最好时光的自己，重要的是她原有的那份既简单又干净本质的内心，那才是真正最好时光里的舒淇。

我忘记是谁说的这句话了，"所谓最好的时光，不是最美的时光，而是不能再发生的时光，只能用记忆来召唤回来的时光"。

那天看到这句话的时候，忽然心里黯然神伤，想想那些远去的最好的时光，也只能仅仅用记忆召唤回来的时光。忆起，还是忆起。

那么，我当下最好的时光呢？

是简静、平和、安稳。因为，我年少青春时的浪漫与神秘——已经是属于现在自己的内心成熟的简单，也绝非真正成熟的简单，只是在以后的时光里，有一种清气的从容退掉了浮气——渐渐让自己的内心丰盈而简单。

有时，我偶尔想象着自己活到一定时候的身影，它会是什么样子呢？驼背吧，臃肿吧，有气无力吧，讨人厌吧，想想就害怕。其实，有什么好怕呢？因为我们的身影与庞大的光阴相比是渺小的。是啊，在匆匆流去庞大的时光中，我仅仅愿把自己当下简静朴实的身影，一直保持少年和中年的样子，不是与别人比好，而是在最好的时光里找到最好的自己。

今晚在月光下仿佛看到了以往青春少时的身影，以及清晰地看到当下自己的身影，刹那能让你感受到那一小段单恋的神秘时光，刹那也能让你感受到人到中年的那种简静而丰盈生活的意味，并且有好多刹那能让你怦然心动。

我感恩有好多刹那间的怦然心动。

比如一壶新茶、一本新书、一个美好的人和美好的事，或一窗清明的日常，或一个寻常又不寻常的日子……在自己，或者在每个人心里最深处的，一定都是最好的时光。

我爱那些远去的或好或不好的旧时光，因为回过头来再看，总能感动自己。我更爱当下最好时光里丰盈而简单的自己，即使再多，总觉得不够，不够啊。

第五辑　皖南忆，最忆是小城

我对小城有说不尽美好的印象，可我情愿把这座皖南小城比成一个端庄清秀的黄梅女子，也是我心中永远的追忆。

皖南忆,最忆是小城

皖南忆,最忆是小城。

对它,我有说不尽的熟悉和亲切,我有道不完的温暖如同家的感觉。小城常常徘徊于我梦中,小城在我梦中枕边的风筒里也常常会传来柔软的黄梅浓音——我记在梦中的深夜里,我记在梦中的风声里向你走来,奔向你,最温馨最深情的你。这个小城就是安庆。它是长江下游的第一个城市,它也是万里长江之滨安徽段的第一个城市,而"安庆"也是这段长江边上最美的两个字,也是有着厚重光阴最美两个字的皖南小城。

最忆是小城,我真的很爱你。

可是,你如若非要我说出理由的话,是来了,不想走的地方,是走了,还想再来的地方。还有别的地方吗?不,只能是安庆。

一到夏季的时候,我每次晨跑在小城的江上岸边,总能听到那些船家的女人们扎堆在一起浣洗衣物悦耳的捶衣声,还有从梦中醒来的那一波一波水浪江花声声入耳动听的声音,仿佛一路跟随早晨的江水船只浩荡东流,流向远方……好多次的清晨,我经常乘坐轮渡到南岸,看远去的小城美好的样子,看一缕阳光耀在起伏的江水上泛起的金光闪烁,看对岸的一艘轮渡朝着我的方向迎风而来,忽然溅起朵朵白色浪花与我擦肩而过的刹那,再听着远来远去的悠扬的汽笛声,有说不出的美意。

我也总记得自己每次从南岸做商务回来,要路过城中有一汪湖水的地方。

我漫步湖畔之上,看夕阳把一朵朵流云舒展在微蓝的天空中,看暮霞把一片片湖水照映得分外清幽,看即将归隐的嫣红把自己有些疲惫的身影朦胧在一片艳艳的黄昏中,我感觉自己每次路过都是新鲜的第一次,也觉得所有黄昏里的流云、暮霞、湖水,它们都像和我撒娇似的,真惹人相思。有时,我忽然会想起什么,无关风情,无关往事,无端的东西总是好的,那一分,那一秒,那一刹那湖畔的黄昏,总有一些怅然挥之不去,是一人独自走在湖畔的清静,是一人独自走在黄昏下的静好,是一人独自走在一棵棵树下看风中微微颤抖的鸟巢——有高不可攀的寂寞。

小城湖畔的月夜,有说不得的好。

月光洒在花草丛中,招摇着,在暗处,散发出一种鬼魅的月香。那月香,不是它的妖气,是它的静谧,是它的端庄与秀丽。最为浪漫温馨的地方,要数月下的那一处湖桥畔了。那些青春骄傲的少男少女们,有的相约在渡口,有的相约在那一棵棵茂盛的树影下,有的相约在幽静的路亭边。那一对对青春男女,浓情私语,拥抱,热吻,那一幕幕爱恋的势头,再粉亮再静谧再端正秀丽的月光都挡不住。那里的湖水很清澈能照人,那里的月光太粉太神秘,那里是小城的一对对青春男女们相互馈赠爱情最美的地方。最让我不能忘记的是,一到傍晚,那里的湖畔渡口泊停的那一只灯红的小船,每次遇见,仿佛它都在轻轻地呼唤我。

我在好多篇散文笔记中写过这一片湖水的地方,可我无法细腻地描绘出对它的喜欢,因为我每次漫步而来,总被湖水中的那一只灯红的小船里——隐隐传出的柔软黄梅的唱音,一次次的侵袭,深陷其中,却看不清它真正的面目。我只能选择沉溺，只能选择深情，只能选择寂静，只能选择在傍晚这一汪水的湖畔。

有时，我分明知道小城和我一样选择在这一片湖水的怀里，也许小城看得清，也许小城最懂。

这一片城中的湖水，是菱湖。

皖南小城的茶馆很多，只要居住一些日子的异乡人，一到入夜习惯上喝晚茶，是早晚的一件事了。

一到周末，闲置时，市井的吴越茶馆，是最好的去处，我和三个知己好友时常登临。有时，刚刚好的夏夜，要上一壶黄山毛峰，放在桌前，闻着茶品散发出的淡淡的清香，再喝上两口，谈旧叙今。有好多次，我们三个把小城的夜都说浓了，再来上一壶当地的岳西翠尖，亦不知有多美好。有时，忽然会来几个花样的女子，闪烁的眼眸，洁白的牙齿，浓密的长发，肤色很好且会打扮。她们从你身边匆匆掠过的刹那，总能给你一种神秘，给你一种好奇，给你一种多思。朦胧灯下，小城女子的形体之韵太俏，太撩人，小城的吴越茶馆尽情地显着夜色下的小资情调。

小城的女子讲话好听。

那独有魅力的黄梅语调却能胜过她们婉约的形体之美，因为她们天生能给你一种饱含温暖人的语气。我毫无夸张地说，她们即便有小情绪的时候，讲话的声音，也总是充满着另一种可爱和温柔。那年如果我还是潇洒年少的时候，我定会和一个小城的女子——谈一场声势浩大的恋爱。总之，小城的女人漂亮，身姿好看，讲话好听，风情无比。

皖南小城经常下雨，特别是小城的秋雨能连续几天淋漓着，下的柔润迷蒙，下的细碎有味。

我喜欢独自撑一把雨伞，听雨声，拧一把被小雨淋湿的心绪，重走湿润的雨巷。偶尔，我路过曾经居住过的小屋前，刹那一幕幕过往又似乎重现。那是曾经陪我多少个日夜的小屋啊。记得我在那间小屋经常听到窗外传来有北方口音的人沙哑的叫卖声："北方大馍，老面馒头。"

我每次听到窗外传来有北方口音的叫卖声，就会想起我北方的家，就会想起家乡的春风吹起的麦浪。我经常在雨中的巷子里——找寻着，能听的、能摸的"北方大馍，老面馒头"让我咀嚼北方的乡愁。有时在雨夜，我在窗前看到那个卖馄饨的和善老人，他在湿润的街边依然做着自己的生意，我就会走出我居住的小屋，他每次看到我，总是开朗依旧，风趣如故，他和我一样都是北方人。然后，我要上一碗热乎乎的馄饨和两个茶叶蛋，又一次品尝出了老人做的馄饨的美味，也是家乡的味道。

小城的江水有多长，洒入江河清澈的月光就有多远。

有时，我走在落日的岸边，看宽阔的河流，看一艘艘船轮满载着从西边而来，再向东的方向缓缓而去，刹那美了我的眼睛，美了黄昏的江水，美了傍晚的小城。看船远去了，看船顶上那一抹嫣红和流云远去了，看船上闪烁的灯光远去了，看一路磅礴浩荡的江水跟随一艘艘船轮远去了，那悠扬的汽笛声也远去了。那一刻只有自己还在，我静守在原地，我静守在江上岸边尘俗的光阴里被江风一直吹着凌乱的头发，那时感觉自己好似20世纪二三十年代的一个过客旧人。

小城，有一座千年古刹迎江寺，寺中那佛真有眼力——把一座振风塔巍然矗立在江上岸边最好的风水宝地。

我每次远望那座振风塔古老斑驳的身影——都会给我眼中的小城又平添了几分光阴岁月的厚重。偶尔，我会离开市井，为躲避一份尘事烦乱，来到这座清静的寺院，暂且忘却红尘，烧一把晨香，拜过每尊佛，再次聆听美丽的佛音与禅寺的晨钟。那里很安静，能把你在市井浮躁的心就此沉淀下来。那里的晨钟，是一种召唤，也是挥别。那里的佛音，是一种照见，很慈悲，能给你洗彻尘埃，能给你洗去灵魂的迷茫，纵然你还是凡胎俗子，有世间红尘之心，那一刻却能把你的灵魂洗净如莲。

这座古老的皖南小城，是黄梅戏的故乡，它生长在这片土壤，是美好小城的缩影。华夏四大民间传说之一的"七仙女与董永"的故事即发生在这里。在江水的岸边，在黄昏的湖畔，在薄夜的湖中那一小只灯红的小船里，我总能听到远处有人唱七仙女与董永："往日里长工房男笑女迎，今夜柴门锁寂寥无声……"

亲爱的朋友，真是不到小城，不知道原来人可以活得像黄梅戏的唱音一样美。亲爱的朋友，这里自古文人荟萃，名人辈出，桐城派诞生在这座小城，明清两代，桐城文风一统天下，有"天下文章看桐城"之说。有人说：背上行囊就是过客，放下包袱就找到了故乡。那几年——我把这座靠山临水的小城变成我心中的第二个故乡了。我现在想起，小城依旧是，永远是。

我对小城有说不尽美好的印象，可我情愿把这座皖南小城比成一个端庄清秀的黄梅女子，也是我心中永远的追忆。

我只能给你这样说了：这个靠山临水的小城，让人如何不沉溺，让人如何不寂静，让人如何不情深。

皖南忆，最忆是小城。

我的小屋

三月里的阳光拉扯不住流淌的时间,在南方小城安庆,我做工还没有顺畅呢!四月天没有一点声响静悄悄地来了。

有一天,我在两个好友的帮助下奔波了几天淋漓春雨的日子,就此放下了穿梭于小巷青石间的脚步,我总算租了一间满意的单身公寓,不高,在楼的二层,门在北,直线对着窗,窗台前有充足的阳光,通风还好。我环顾四周,小屋有十几个平方米,有厨房,有简单的洗手间,左边还有一个小木梯直通上面的小阁楼。忽然有种莫名的感悟,我对于这个小小的有十几个平方米的享有权,确切地讲,是一个简朴的小屋,算不上是个家,只是一个让我暂时歇憩的蜗居吧!

那年春天,就是这个简朴又温馨的蜗居,我对它产生了依赖、好感,十分珍惜它,珍爱它,有种满足的美意。

那天到了黄昏的时候,我给家里发了一条简单的短信说:在好心朋友的帮助下,我终于租了一间属于自己的小屋啦。

我居住的小屋前面,有几户房客。

我起初不爱在窄窄的走廊里串门聊天。再过些日子我渐渐地和他们熟悉了，我也学着他们日常的样子串会儿门，有种温馨的快乐。有时，我和纯朴善良的房东大嫂也聊上一会儿天，我喜欢听她操着南方的口音，那说话的口音真柔软好听。她总会说：我遇到好房客了，你把这间屋子收拾得这么干净，床前还有这么多书！今天办事怎么样？吃过饭了吗？还不时地提醒我，南方的天气有些潮湿，你把两扇窗散开些，要经常透气通风的。

四月春色自是更好。

我自从有了这间小屋，在南方小城，我的工作也顺畅起来了。

飞花春尽，转眼暮春。

有好多时候，我常常听着苏打绿唱的那首《小情歌》，一个人喜欢站在不停且有规律微微晃动的两扇窗前，看落日淡淡的红霞，看湛蓝色的天空，忽然有风掠过耳畔的尘音仿佛和我说："暮春来了，你添加一件衣服吧，小心在他乡着凉。"

我听着那首歌的小心情和我的小屋一样都是温暖的，连暮春的风掠过耳畔的尘音也是温暖的。

一到黄昏的时候，我看到窗外常常有成群绿身子的小翠儿，忽地它们掠过我窗前的刹那，听着它们相互唤着对方欢快的鸟啼声，再看着它们愉快地飞回属于自己暮春里的鸟巢。我多想和它们一样睡在绿叶间，睡在春风里。遗憾！我与它们不是同类，而我和它们却是朝夕相处的邻居。

那年的春天，我与窗外万千风物的相逢给了我好多最恩宠独处幽静的时光，我总会不自觉地向窗外的一切美好低头，就像遇见美好的爱情一样。可我最不能忘记的，是在窗前暮春的风里相逢的那一个个饱满的鸟巢。因为，一到傍晚，那春风里的鸟巢像我的小屋一样，非常温馨，不再孤单。

在小屋的灯下，我喜欢捧着一本书聚精会神地看书中所讲述的民国时期的二十对男女的爱情故事……

我到现在都记得这本书的书名是《情书里的民国》。其中，沈从文先生写给张兆和的情书，读之使人感动不已。他说："我行过许多地方的桥，看过许多次数的云，喝过许多种类的酒，却只爱过一个正当最好年龄的人。""莫生我的气，许我在梦里，用嘴吻你的脚，我的自卑处，是觉得如一个奴隶，蹲到地下用嘴吻你的脚，也近于十分亵渎了你的美丽……"

他在情书中用"三三""翠翠""小妈妈"称呼她，而她也用"二哥"回敬他。

在小屋夜读——沈先生写给张兆和的一封封令人震撼爱与守望的情书，有世间深情永远的人性美，有行行走走在人间无尽的思念，只有怀揣着对爱妻款款深情的男人，才能写出那样如碧溪般涓涓流淌的浓烈情话的句子。那句句浓烈情话的回味——居然能让我夜读的心跳得紧了，呼吸颤抖了，仿佛能触碰到自己也不知道的另外一个有着鹅绒般有趣的灵魂。在小屋简静读书的夜足以能让我消除一天满身的疲惫。

不知多少次，在我最寂寞时，是那本书陪着我像最贴心的恋人似的。不知多少次，在我最孤独时，是那本书与我温馨相对，也见证了我的泪水。不知多少次，我看着窗外的夜渐渐深了，看着眨着眼睛的星光也倦了，而月光却不知疲倦地粉着我的窗台，粉着我的小屋，粉着我夜读丰富的心灵。不知多少次，我轻轻拉好被子躺在床上看着看着——就缓缓地睡着了，在温馨的小屋做着自己最美的梦。

我爱南方小城的深夜和寂静，我更爱小屋的窗外满星月朗读书的夜晚……

我在南方小城，就是这个简单的小屋，每次从外边做工回来，抖落掉在肩上的灰尘，拭去心上的辛苦，而我常常环顾四周微笑地看着它，有一种安全感，是温馨的，是饱满的，是精神愉悦的，让我感觉到了自己的存在，让我认识了自己真实的灵魂，也让我丰富了自己人生的过往。

我在南方小城，就是这个朴实的小屋，一到清晨，两扇铮亮的玻璃映着天仙似淡红的朝霞，它经常温馨地折射在我酣睡打呼的脸上。醒来，推开窗子，我伫立在窗前想大声地呼喊什么，只怕惊动了那些比翼双飞快乐的小翠儿。我没呼喊，只是伸开了有力的双臂去拥抱窗外少女般金色温暖的骄阳。

我的小屋，白日经常有一把小铁锁守着门。当我每次离开小屋时，总会看它一眼，我知道它一直在等待我傍晚回来。

我的小屋，它虽小，小得干净，小得可爱，小得安逸。因为那里是我唯一能停下脚步歇憩温馨的港湾；唯独那里能让我静下心来独自享受一个人的小天地；那里有我春天般的诗意，那里有我的惆怅和远方；那里时常有一杯凉掉的春茶，那里有我读书的夜能照亮我一身的光芒。

我的小屋仿佛是小城的波涛江水中的一只扬起风帆的小船。我掌舵它，我驾驶它在波涛的春风里，给了我很多不能忘记的美好光阴，无论是清晨、黄昏、深夜。说到底，我的小屋那窗里窗外的一切万千风情我都爱。

有时，我和朋友在一起的时候，总会说起我那年在南方小城春天的日子。那时自己生活简朴，偶尔有烦乱的心愁，但每每说起我与那间小屋恰好相逢给了我好多独处幽静恩宠的时光，我满是动容珍惜珍爱它的眼神，眼眶总会泛起潮湿。

我好多次在梦中——南望小城，看我曾经居住过的那个春天的小屋，看窗前那一个个在春风里饱满的鸟巢，还是像那年我的小屋一样，一到傍晚，非常温馨，不再孤单。可让我最为惊喜的是，那本书依旧在床头等我，在一个满星月朗的夜晚，居然让我读书的心，仿佛刹那再次碰触到了一个鹅绒般有趣的灵魂。放下书本，我在梦中又缓缓睡着了。在梦里，仿佛那本书在深情地呼唤我。

醒来后才知是春宵梦里的梦。

我很心怅。

徽州古街，恰似故人归

我写过好多篇皖南徽州的往事，可从未写过皖南徽州的那条古街。因为，我一直不知如何下笔才好，怕匆匆下笔写薄了写瘦了委屈了那条古街。

有一年在徽州屯溪小城。记得那天我被市井的繁华弄浮躁了，一个人独自来到小城的古街走了走看了看。这条铺满麻石的古街两旁有商铺、有住户，清清淡淡，又极为朴素。如果用两种颜色来形容这条古街，我只能用潮绿与古白来描绘它了，满眼湿润的潮绿，绝对斑驳的古白粉墙。

这条古街有四百多米长，我喜欢叫它古白粉墙老街。

那天这条古街似乎被雨中的光阴给困住了，一街两旁到处散发出古味潮湿的气息，全是迷蒙的雨气，雨滴打湿了高耸的粉白马头墙，打湿了黛瓦，打湿了向我迎面走来的两个撑着油纸伞的徽州女子的衣袖，也打湿了我一个北方男子的眼眸。在往里走几步，我身边走动的行人倒是不多，总觉得自己每走一步都是修行，仿佛是从一阕唐诗宋词中走过，也只有这条古街能让我有这样的感觉。——几百年就这样过来了，它终究在一个不大不小的秋雨天，不慌不忙，不急不慢，就这样等待我的到来。

古白粉墙老街，有一面老墙上爬满了寂寞的青藤，并有许多红嫩的小花藏在青藤绿叶间，像一个个隐在绿叶间羞涩的眼睛忽闪忽闪地看着你，有种婉约的禅意。墙角下长满的青苔被雨淋得似一丛丛小草，就像一幅徽州的水墨画中勾勒出的青色的线条，朴实、细腻、精致，逼人心扉，有说不出的老味。这恰恰好的青藤，恰恰好地隐于其中的小红，恰恰好的老味的青苔，也恰恰应和了我的心境——雨中光阴，闻着香气，雨气，老味，不仅让我的身体跟着安静，那一时那一分连我内心的小情怀也是安静的，慢下步来，静下心来，一个人行走。

再往前走几步，看到一户人家的长满青绿色的四合小院。门前屋檐下，坐着一对慈祥和睦的老人，两个老人时而喝上一口与他们年龄一样的老茶，彼此和善地笑着，听戏，聊天——在安静的光阴里默默相依相守过着朴实的生活。只见小院子里有三四个孩童踩着雨水快乐地玩闹着，忽然想起我小的时候，童年的光阴真是一个又美又天真又快乐的时代。

我忘记是哪位作家说的话了：中国人都希望有一个庭院，特别是内心有情怀的人，更喜欢院子。

我一直希望有一个像这样的四合小院。待到自己年迈的时候，就像那一对慈祥和善的老人，不再讨好任何人，只有，一日三餐，只有，一年四季，两人相依相守，再种种花草，喝上几口老茶，听一段老戏，聊一会儿天，在日常平静的光阴里——有温暖的阳光照着彼此老去，有清澈的月光照着彼此老去，听四季的风雨声——再把彼此慢慢活成像诗一样的院中仙人一直生动平凡的老去，没有惊天动地，只有似水流年……

有时想想，这岂不是人生的大美意。

老街有一家上百年的老茶馆，我怎样形容"有缘茶馆"呢？

这个老旧的茶馆，因了有一个"缘"字，我好像来过，有种恰似故人归的感觉。在临窗的位置，我要上一壶有缘老禅茶，喝上两口，听雨声，微凉。老茶桌上有一个青花瓷的瓶子插着一束素色的菊花，桌上放着一盘点心，坐在古旧的茶馆里，有种孤独感，我骨子里喜欢这种绝美的孤独感。老屋外是一窗的徽州粉白马头墙，有树荫，感觉似乎一伸手就能抓住湿润潮绿色的光影。有时，你不感慨都不行！那老茶桌上闪着忧郁的蓝，美得盎然，美得心醉，美得如梦如幻，无可比拟。那老屋外一窗的湿润，潮绿，粉白，满眼的素色，我几乎无言，倒是真的不知今夕是何夕了。

你想，人生能有几次坐在有缘老茶馆，喝着有缘老禅茶，看老桌上闪着忧郁的蓝，看老窗外的秋雨蒙蒙的光景呢？

古旧的老茶馆，有一个素色的女子，我不知道她是谁，只知道她说自己是徽州人。

那个女子在台上穿着一身青衣的戏服，一举手一投足，身姿婀娜，只见她亮色的唇一张嘴，唱着黄梅戏柔软的腔调，全是风情万种，刹那击中了自己，我不忍呼吸，那会儿只听得心里万转千回，就像一把温柔的小刀慢慢割心，那真是要人命的低回婉转柔和的黄梅唱音，似乎能把人掏空了！

我坐在老茶馆里黄梅戏一直在唱……唱得茶都凉了，好像时光都变老了，老得像窗外斑驳粉白的老房子，老得像在有缘茶馆里眯着眼睛听戏的当地老人。就这样我一下午坐了下去，仿佛整个人在老窗前做着一帘幽梦。忽然听到有人叫她的名字——小艳秋。我听到这个名字，着实惊心了一下，因为我喜欢这个名字中的"小"字，就像窗外的小雨滴答着细细的绵声。有一次在梦中，一个老人给我算命，说我前世眉目清秀，满身文气，是一个风流的书生才子，最终为一个绝色美好的青衣女子殉情，跳入徽州的新安江中，正是风华年少就死了。我对梦中的算命老人说我的前世没有感觉一点惊奇，反倒是早就知道自己的前世似的，因为，我骨子里——埋葬着一个在徽州前世的自己。

我临别有缘茶馆时，转身，再看那个着一身青衣戏服的小艳秋，我对梦中的那位算命老人——说我风华年代的前世感到满意。

那晚，我住进了百年的老宅里。静夜，我依着百年的窗棂看老屋檐上隐约的月亮，还是几百年前的月亮，只是物是人非隔着万水千山。不知什么时候，忽然窗前又落起了蒙蒙细雨，暗暗的，深深的，总感觉这徽州的雨啊，一直下不到头似的。而窗外的那条潮绿色的古白粉墙老街，有缘老茶馆，老桌上闪着忧郁的蓝，一壶有缘老禅茶，绝美的孤独感，一帘幽梦，还有那个着一身青衣的小艳秋，她亮色的唇一张嘴，唱着那惊心惊魂要命的黄梅浓音，于我而言，就像邂逅了一场前世的风情韵事。

那年来徽州小城，一晃好几年都过去了。

我给自己说过还会选择一个恰好的日子，再来徽州。再来看那条潮绿色的古白粉墙老街和有缘老茶馆，那真是一别几年，有种故人归的感觉。

再来，我不知那年那天那个着一身青衣戏服的徽州女子——小艳秋，她是否依然还在老旧的有缘茶馆呢？

想念南方的深秋

前天,我和一个要好的朋友临街闲聊着,夜色正浓,突然刮起一阵风,很快天空下起了瓢泼般的大雨。雨,固执急骤,没有角度地倾泻了下来。瞬间,柏油路上一片汪洋,仿佛街口出现了一道美丽的河流。红色与绿色的出租车驶过这条街时掀起层层白浪,恰似一条条红色或绿色的鲤鱼在水中穿梭。

不多会儿,雨稍微慢了下来,我卷起裤脚顶着雨,一个人踩着脚下流淌的雨水走向回家的路……

那晚许是突然大雨倾盆的天,我和朋友匆匆分开时,竟没有与他道一声别。

自从那场雨后,夏季的余热慢慢悄然隐去。

今晚月下散步,听到草丛里的虫唱,是最自然不过的事了,忽然绿叶间有一两声哀弱的蝉鸣,心中自然生起一种滋味来,秋天真的来了。想起七月天,我坐在盛夏的炎热里,天热得连影子都躲在脚下不露头的时候,就会想念秋天的日子。终于在那晚倾盆的大雨后,夏天要走了,就让它走了吧！为什么在北方我所居住的小城，不早一点走。秋天来了，让它停下来，停下来吧！为什么在我行走在北方的小城，不早一点来。

你知道吗？在天气炎热绿叶正盛时，我就期待秋了。

初秋的况味，我是喜欢的。是它让我换掉了汗湿烦人的夏衣，是它让我穿上了凉爽的秋衫，尽管如此好，还有点不满足，我突然想念起还不至于感到秋寒时节再晚些南方的秋了。

我在南方居住过几年，闻过许多不一样的秋天的味，看过许多不一样的秋天的流云，见过许多一群群背着深秋的暮色低飞的鸟雀逐个回巢的样子。是啊，南方再晚些的秋天真美！

我在南方去过些地方。

皖南小城安庆，有一个湖，它本有自己的名字，可我喜欢叫它大湖，其实它并不大，只是这一汪湖水住在城中，就显着大了。记得那年秋晴一天的午后，在暖暖的阳光下，我和几个好友，躺在靠湖林子里的绿草坪上，看湛蓝高远的天空，那会儿越看越教人能生起幻觉来，生怕倒悬的一汪碧水泻了下来。我一翻身爬了起来，再看身旁镜子般的湖水一片惊艳，那些大朵大朵的彩云在艳阳的折射下，有通体翻卷银亮的，有厚厚耀眼金黄的，仿佛这一汪湖水中又有一个深秋的天。

皖南小城的秋雨大多一下就会持续几天。

那样的雨天，我喜欢在闲暇的午后听一些老歌，有时听着听着就睡着了，感觉梦里都是潮湿，一点一滴润了嘴唇，也滴在了心里。醒来后，耳机还在播放着姜育恒的那首经典旧曲《泪的小花》：

"在雨夜里飘落下，黄的花白的花，带雨的花使我想起了她，就像是含笑的她，为什么，总是把头儿垂下，默默地不说一句话……"

那绵软深情的歌声啊，好像一直能唱到永远似的，总能让我深陷其中，忘却其他，那会儿感觉恰恰好。

在皖南小城，我更喜欢在温润缠绵的雨中，隔窗听雨，似乎在听着小城的那些泛黄老旧的往事……

在小城深秋的夜听雨声，更是说不得的好。那持续的雨点敲打窗棂清凉凉的小禅音，尽显夜色之美，夜色之静，夜色之禅。一到那样的雨夜，就想写一些不成篇的文字，后来那些文字大多散落了，到底留下来多少，我也不知道。可我知道，一到那样缠绵无骨的雨夜，总能让人在窗前生起一串串惆怅来，那莫名的惆怅，也不是想起谁，也不是想起什么旧事，就是想写一些禅意且怅怅零落的文字。

有人说，我的文字有南方湿润软绵的味道，我也说不上来，就像我说不上来南方的秋雨——为什么总是那样无骨与缠绵，就像我回答不出爱到情深处——为什么总会有惆怅和不安。

在皖南小城，一到周末的傍晚，我喜欢去江边的一座寺院旁边游走，爱听附近的算命老人说我的前世与今生。因为，我心里有太多的不确定，对自己的明天，对岸边的秋风，对岸边的秋雨，对寺院传来的慈悲的佛音，对自己，有这么多的不确定，总能让我刹那生出一种深秋天的愁绪来。有时，我独自散步在江上岸边，看繁华闪烁的街灯，看陌生喜悦的人群，看深秋湿润的光阴。记得那些日子我爱穿一身休闲的条绒西服，非常黑，是冷色，是那种能让人安静下来的颜色，已经很旧了，我到现在都舍不得丢弃它，因为它给我过精神的明亮支撑过那些深秋天不确定的光阴。尽管，那些日子让我有过不确定的时光，但皖南小城的深秋天，我喜欢。

我在皖南小城独好一个人乘坐火车去远行，喜欢到另外一个南方陌生的城市。

那年的深秋天，我在上海外滩的一家咖啡馆前，在暗黄的灯影下，见过一个穿着深蓝色长裙的女子，肤色白净，脚蹬高跟鞋，身姿高挑，小资气质的神色，有十足女人的味道，看上去样子生得真好，那一刻居然有种被她袭击的感觉，刹那又觉得那个长发的女子离你很遥远，有种

20 世纪的二三十年代的风情。那晚的她，因为长发？因为素颜？因为长裙？太多的原因了，总给我的视觉是自然、飘逸，而独自的我是否就是为了遇到独自的她呢？

我喜欢上海外滩的深秋夜，夜在我身旁，风在我身上，最美的光影与人影一直在我眼里心里，可我总感觉上海外滩的夜有民国时代罂粟般的小幽香，她能恰如其分的温馨你，迷恋你，她能适可而止的袭击你，满足你。

我和一个要好的朋友从上海去了周庄，才知周庄的深秋天亦是好的。

我俩喜悦着在一起游走，不时地有杏黄色的木叶飘落在幽静的巷子里，老屋的檐下，小桥流水里，让你每走一步都流连忘返。记得那天傍晚离开时，依依不舍，我好像与周庄深闺中的情人分手，明知疼了，爱了却又不能不离开的别愁。

我爱周庄的深秋天，那满眼的绿，是古镇深秋天的老绿；那头发上沾满的风，是古镇又湿又润的秋风；那老墙上的白，是古镇几百年来最古老斑驳的白。我爱深秋天的周庄，那里有遥远的旧光阴，那里有弯弯的外婆桥，那里有幽娴的三毛茶楼，那里有昆曲迷死人的唱音，那里有民国时代的一位端然寂寞的阿金姑娘，最让人念念不忘。

今晚，我走到一地树影的拐角处，脱下淡淡的月光，信步走进书房，沉思一阵，拿起笔，为秋写诗的夜晚并不多，不，我好多年竟是没有了。可是，我为想念南方深秋天的日子——写一些文字却总是有的，忽然笑容泛上嘴角，是动容的，是动了情的，是细细入骨的。此时此刻，我发觉想念南方的深秋到了尽头，这一刻竟让我自心底流露真情，这份真情，让我对南方的深秋天总是念念不忘，想念不完，爱恋不够。

我在北方，我真想念南方再晚些的秋了。

颜色呀，颜色

　　已经不是深秋的颜色了。到了冬。

　　薄凉色的灯光将我的身影斜斜地投在书房的墙壁上，转过身，我漠然与它凝视，仿佛是寒月笼罩在寺院下的一袭僧人的背影。那背影厚得没有一点颜色，心底微微苍凉，像心老了一样，不再年轻。

　　这瘦弱的光阴飞逝的真快，我又经历了哪些呢？

　　沉思一阵，我所经历的那些，不过是脚步从一个季节走到另外一个季节，不过是从一个个白日光阴里的转身，让你再次溜进一个个黑夜里翻转身蒙眬的睡去。

　　——转身，白日，黑夜，不停地旋转，我终于有一天看着深秋落到冬季肩膀上的时候，那白日与黑夜就这样一天天划过头顶，光阴，越叠越厚；风，越吹越急，反过头来再看自己说小不小，说老不老，两鬓又增添了几根白发。其中，最大的变化，是不敢想起自己的年岁。因为，时间是绝情的，它能主宰你的内心和过往。当你有一天看到自己真相的那一刻，它不会给你一点抚慰和补偿。所以，像自己这样年龄段的人，总感觉光阴过得真快，快得好像自己的心被流去的时光撑得极其得空落，没有一点颜色，快得连一个叹息的声音似乎都听不到，亦没有一点颜色。

下午时分，风呼呼地敲打着窗棂。

前些天阳光还是暖暖的，忽然那暖暖的势头就沉寂了下来，现在我都穿上保暖衣了，感觉还有点冷。

窗外，那一棵棵树木的枯枝间，灰灰的，非常单调，叶子都快掉光了，心也跟着飘零的叶子生出一种无奈的悲情来。可是，我喜欢这枯寂冬季的景象，虽然满目的荒凉，即使给人一种悲情的滋味，可那枯狂飘零的叶子，它看似寥落了，其实却有了铮铮骨骼枯黄的颜色。那颜色，有了风骨的气象，美得让人心碎，远比温室里盛开的一朵花更有味道。记得那年到杭州去访友，我与两个旧友在一家茶屋聊日常，他说现在的人心没有以前朴实了，我们那时的单纯多好。在喝茶的时候，她说我抽烟比以前有点厚了。可没有想到的是，她把我抽烟的样子竟描绘成"有点厚了"。也许那厚一点的颜色，心里始终有点什么，无关风月和蜜意，只是那一点过往的心情，那一点烟火里的往事和风声，那一点写文的情愫吧。

黄昏来的时候，我独自走在街边看不多的人群，车在马路上倒是一辆接一辆的疾驰，听着不知谁按着喇叭的声音。就这样走在寒冷的街边，身边没有一个知己同好，看着听着想着，明知自己还是被困在原地，全然知道自己还是很渺小，渺小得没有一点光彩的颜色，什么都不是，不值得回顾和怜悯，可我依然真诚地看待它，包含经常有的一些小惆怅。惆怅着自己没有一点颜色的心情，惆怅着亦没有一点颜色恍惚刹那流去的光阴。可即便是这样，我依旧深情地把它放在怀里不离不弃。

是啊，没有一点颜色的心情，身边的风，也没有颜色，呼吸的空气，亦没有颜色。

我知道没有一点颜色的心情的梦里，常有一只小鸟翩翩起舞。然后，她久久地在我的头顶上盘旋，刹那能一下一下击中自己没有颜色的心情。她是一只快乐的小鸟，有着白色丰美的羽毛。在心情没有颜色的日子里，我真想成为你，可我没有你那样的一双长满白色羽毛的翅膀。怎能忘记，那年我在南方的那座小城遇见了你，也因了你不能忘记在静谧的小屋的窗前，总有三两只鸟儿在寒风里吃惊地掠过，而唯有那只白色羽毛的小鸟，总会停留在我的窗台前翩翩起舞，天天出来歌唱，独自欢快不停。

那年初寒的一天，我在最后一刻选择离开了南方的那座小城。

从此以后，我常把自己关在黑暗里想你。而那只有着白色羽毛欢快的小鸟，显得分外亮，分外美。那样子，看得心里非常柔软，非常动人。好多次在梦里——总能被她认知，这是怎样的懂得啊！可是，我再也没有去过南方的那座绿水载舟的小城，你再也没有飞来过，我再也没有遇见过你。

那时的窗外，有风，有雪，特别是那只有着丰美白色羽毛的小鸟，那颜色格外洁白，格外耀眼，格外让人心心念念忘不了。

窗外，忽然落起了雪。那雪，是不安分的，仿佛能把人逼到寒夜的边缘——无处可逃。

不，我想逃到南方的那座冬季的小城。我喜欢那时的窗外，有风，有雪，特别是有那只小鸟洁白耀眼的颜色，刹那能击中我，温暖我，是最让人迷恋的日子。

今晚，是一个有雪没有风的夜。

真心祈祷，但求风动翩翩起舞吻上我的脸，吻上那厚得没有一点颜色的背影，即使能吻出那年的青春和眼泪又能如何？

寒夜灯下，我依然深情地写着——常常把自己关在黑暗里想你。分不清你是我还是我是你，看不清你是鸟还是我是鸟。梦里——常有一只白色羽毛的小鸟翩翩起舞，她天天出来歌唱，独自欢快不停。此刻，忽然窗外有风，雪亦多，全是素白纷飞的颜色，但不知如今的那座南方冬季的小城是否有风、有雪，还有那只有着丰美白色羽毛耀眼的小鸟吗？

没有了，再也没有了。因为，那时我多好的年龄，忽然内心潮湿涌动。

是啊，那些再深情再肥大的记忆——都变得像窗外的冬季一样寒瘦了。那些再美好像雪一样洁白冷幽给人记忆情意的颜色，已经到此。不能陪我再有了，缘分到了。其实早已作别了我。

于是，我有了像雪一样素心一颗，清幽着，寂寥着。我喜欢这样的素心一颗，不与人语。安静的时候，泡一壶没有颜色的老白茶，听上一两首巫娜弹奏的禅意且素静的古琴，再听朋友诵读我的这篇散文《颜色呀，颜色》，听着听着，就睡着入梦了。

在梦里的梦里——常有一只羽毛丰美的白色小鸟，她总会停留在我的窗前翩翩起舞，天天出来歌唱，独自欢快不停。

总有一刻，不同寻常

午后，我在网上不经意间看到作家马德的一篇文章。作家在这篇文中有这样一段描写。

有一天见一个孩子站在金百汇超市门口，呆呆地望着那个卖冰激凌的人，不走。是一个六七岁乡下的孩子，穿戴不整齐。他望着各色的冰激凌从铁器里出来，又装在花花绿绿的尖桶里，好奇而神往。他不禁舔了舔嘴唇，说："妈妈我要那个！"他顺手指了一下那个充满诱惑的冰激凌。

"不，咱不吃这个，咱们走！""不，我不走，我要！"孩子反扯着妈妈的手，僵持着。"那也得等你爸爸回来再买。""不，爸爸到老远的地方给人搓澡挣钱去了，要到秋天才能回来。我现在就要！""妈，我就是想尝尝，那个东西是什么味儿。"

这时一位衣着光鲜的夫人走到卖冰激凌的面前，要了两支冰激凌。她把其中一支给了自己的儿子，然后快步走到哭泣的孩子面前，蹲了下来，把剩在手中的一支冰激凌递给了他。"给，亮亮，别哭了。"她摸了摸孩子的脑袋，说，"妈妈不给你买，阿姨给你买。"说完，她站起来，朝孩子的妈妈微微点了点头，笑了笑，便领着她的孩子走开了。走出人群后，那位夫人的儿子有些不解，他扯住妈妈的衣襟问："妈妈，你认识亮亮吗？"夫人说："不，孩子，妈妈不认识。""那你怎么知道叫他亮亮呢？为什么买冰激凌给他？"孩子依旧寻根问底，想弄个明白。夫人笑了，说："孩子不要问这么多了，等你长大后，妈妈再告诉你。"

这只是故事的一个段落，当我读完整篇文章后，忽地眼泪夺眶而出。我想起在南方小城遇到的一件简单得不能再简单的往事，而它却让我感动了好长时间。

那年夏季的一个傍晚，该用晚餐的时候，我走出了暗黄灯影下的小旅馆，与往常一样往右转，一个人朝着喧嚣的人民路走去。

南方小城有点潮湿的夜色里，一街两旁大小店铺开着，灯光闪烁。当我穿过车流疾驰的马路走向另一条小街的时候，看到一个三十多岁的女人，手拉着七八岁的女儿，母女穿衣邋遢。突然这个女人走到我的面前说："大哥，你看我女儿一天没有吃饭了……"我没有停下脚步，没有理会，下意识地想，又是一个女人带着孩子假装可怜，在大街上要钱，这是她们的营生。我刚走两步远，又听到那个女人说："大哥，我不要钱。孩子一天没有吃饭了，我只求大哥给孩子买一碗饭吃。"忽然心头紧缩了一下，停下脚步，回过头来，看到这个女人无助祈求的目光，一下子碰触到了我内心最柔软的地方。

这条小街熙熙攘攘形形色色过往的人很多，他们或疾走或徐行，有些人只是好奇地看着母女俩，继而他们都是躲闪看着匆匆走开了。只听小女孩说："妈，我饿了，我想吃这家卖的年糕。"那会感觉孩子的眼神好像从未尝过年糕的滋味。我说："来，孩子，叔叔给你买。"然后，我又到小街对面一家小餐馆给孩子要上一碗热气腾腾的牛肉面。

小女孩看着我说："叔叔，你是好人，谢谢你！"

那个小女孩一句简单的话，我当时并没有在意，只是淡淡一笑。当我正要离开餐馆走到门口的刹那，听到小女孩说："妈妈，你也一天没吃饭了，你吃。""妈妈不饿，你吃吧。"听到母女俩一说一答，我知道自己犯了一个不可饶恕的错误，怎么没有想到要两碗面呢。我很快又叫上一碗面，让老板端到这个女人的桌前。可是，让我没有想到的是，这个女人站起身来，潸然泪下，她朝我深深地鞠了一躬。那一刻我真受用不起这样的重谢！眼圈湿润了。这时用餐客人的眼光一下子都汇聚在这边，他们的眼神中，有好奇，有怜悯，还有别样疑惑的神情。

我离开这家小餐馆，一个人走在小街上，想起了我的童年时代。那时国家不富裕，老百姓的日子也过得很拮据，家家户户都穷困，乞丐没有要钱的想法，都是为了生计讨一碗饭吃。乞丐一到我家门前敲着碗讨饭，我就喊我妈，"要饭的又来了。"那时我家的生活条件相对好点，只要有讨饭的到我家门前，逢讨就应。那晚碰到的那个女人，自己忍着饥饿，却没有给自己伸出手，只给孩子讨一碗饭吃，说明她是有尊严的。

当时，我认为自己只是做了一件简单得不能再简单的事，而那个女人却向我表达了深深的谢意！或许有人说，当下乞讨的花样真多，不要钱的，那也是一种骗人的办法。我想哪怕是有些人所说的以乞讨为生，也是他们的生活方式，这一切都不重要了，重要的是，在平凡的生活中，总有一刻，你对他人一个简单温馨的举动，会让他人心存感激！

所以，就如作家马德的一句话："总有一刻，这个世界早已因为你那点简单的举动而变得不同寻常。"

刹那美好

　　五月中旬，这个节气本来正是暮春的日子，真正炎热的盛夏还在怀着孕呢！可是，南方小城安庆的天气越来越没有一点责任感，东染一点，抹了几许春色，西染一点，又抹了几许暮春的暖意，当下我和小城的人们还没有来得及受用呢，忽然就被突如其来用火做的温度扑向了青山多水的小城，眼看着小城是顶不住像火焰一般持续重来的热浪，最终短暂的暮春还是做了它的俘虏败下阵去了。

　　夏季，南方的蚊子又肥又大，凶猛无比。

　　一到晚上，为了驱赶它们，点燃一盘蚊香，它们三五成群在烟雾缭绕中飞舞着，那会儿感觉对它们简直不起一点作用。整个夏夜，我被那些该死的讨人厌的蚊虫哼哼声，一直在袭击在骚扰。开灯，我气得几次坐起四处寻找，追着拍打，折腾了好长时间，也解决不了几只，反而被它们叮得无处可逃。

　　黄昏，我从江水的南岸，一个人坐渡船回到北岸的小城。很快日落之后，小城像落幕似的，白天透不过气的炎热，就此缓缓地沉静了下来。

我走在两旁种植很多整齐的香樟树的小街上。不一会儿，街灯次第亮起，看街边卖各种水果的小贩子，他们各自做着自己的生意，很是惬意。没走多远，我撞见一个卖书的地摊，一大堆昏昏欲睡的书，就像脱干水似的鱼虾没了灵魂一样被摊主随便晾在昏暗的地上。不自觉地停留一会，我便弯腰半蹲在地上来回翻看着，忽然看见一本《现代散文集》。这本书中有鲁迅、冰心、朱自清、郁达夫、庐隐等著名大家的散文作品。我看着想着，这样的书怎能和那些乱七八糟的书混杂在一起呢？我问了摊主，这本书真是便宜的不像话，我便淘了这本书。

这本书中——有民国的味道，有旧人的味道，有旧事的味道，刹那让我欢喜。我拿着这本淘得的旧书，只想赶快回到我暂居的小屋。

灯下，我被鲁迅先生的一篇富有散文诗性质的短文《好的故事》所吸引。先生所言："我闭上眼睛，向后一仰，靠在椅背上；捏着《初学记》的手搁在膝髁上。我在朦胧中，看见一个好的故事。这故事很美丽，幽雅，有趣。许多美的人和美的事，错综起来像似一天云锦，而且万颗奔星似的飞动着，同时又展开去，以至于无穷。"

我有幸读了鲁迅先生的这篇短文。正是先生通过这精美的文字、丰富的联想和最独特的构思展现给读者一种深邃而美好的意境。最后先生说："我真爱这一篇好的故事，趁碎影还在，我要追回他，完成他，留下他。我抛了书，欠身伸手去取笔，何尝有一丝碎影，只见昏暗的灯光，我不在小船里，但我总记得见过这一篇好的故事，在昏沉的夜……"

他从美的梦中忽然醒来，又回到现实"昏沉的夜"中。就是那个"昏沉的夜"与先生笔下所摄取的"美的人和美的事"形成了鲜明的对比。这篇短文中所写的"昏沉"两个字给予他的只有绝望和彷徨，只有寂寞和虚无。在梦中，那些美好的东西总是短暂的。

夏夜，我读一篇《好的故事》在烟雾朦胧中，想上一会，刹那沉醉……
有人说，不少人学鲁迅的文章，文风是有了点，但章法不像，章法有了些，笔法又不像，好不容易三法兼备，又未入道法。这几年我好歹读懂了他的一些文章，但先生的文章独具文风，真是，谁也学不来，有天生的深刻，有天赋的饱满尖锐指向民国当下的社会和人性。

"有香的花中，我只爱兰花，桂花，香豆花，无香的花中，海棠要算我最喜欢的了……海棠是浅浅的红，红得'乐而不淫'，淡淡的白，白得'哀而不伤'，又有满树的绿叶掩映着，秾纤适中，像一个天真、健美、欢悦的少女，同是造物者最得意的作品。斜阳里，我正对着那几树繁花坐下。春在眼前了！"

有谁能把民国时的北平怒放的海棠写得这样深情夺人心魄？

毫无疑问，这是冰心先生的散文《一日的春光》中的描述。她真心真意真情写北平迟来的春天里绽放的海棠，她的文字非常抒情雅致有格调，恐怕也只有童心永远的冰心，才能写得出如此惟妙惟肖细腻传神的经典句子，在我的想象中她是民国时代真正的文学才女。

我一直爱读散文。读这些大家的散文，最好在这样的夏夜，闲情看，细细读。因为，读书的心能被他们唯美指向人心的文字一次次撞击，刹那眼眸能读出发自内心的唯美与感动。

我一直认为美好的文字，总会撞击人心，并且能负责让读书人感动。

譬如"秦淮河的水是碧阴阴的；看起来厚而不腻，或者是六朝金粉所疑吗？""我们初上船的时候，天色还未断黑，那漾漾的柔波是这样恬静，委婉，使我们一面有水阔天空之想，一面又憧憬着纸醉金迷之境了。等到灯火明时，阴阴的变为沉沉了：暗淡的水光，像梦一般；那偶然闪烁着的光芒，就是梦中的眼睛了。"

我默然读着如此美文美景，有迷离、清灵、幽静、细腻，而深秀像梦一般漂亮的文字，也是民国时期的一篇现代散文，曾被誉为美文的典范。当然，这是朱自清先生写于20世纪20年代的一篇作品《桨声灯影里的秦淮河》。在这篇散文里，他无论是描写秦淮河上虚幻的美影，还是浓重深情地抒写心中的"桨声里的秦淮河",我都被他非常自我独特笔调的色彩所感染。

比如文中写道:"夜幕降临时,大小游船都点起了闪烁灯火的时候,忽然河水上泛起一片朦胧的烟霭,水波里,逗起缕缕的明漪。"他最后写道:"我们默默地对着,静听那汩——汩的桨声,几乎要入睡了;蒙眬里却寻着适才的繁华的余味……"

我读到这篇《桨声灯影里的秦淮河》繁华余味的结尾时,忽然情不自禁地发出"谁能不被引入他的美梦去"的感慨。刹那好像自己完全置身在民国时代那条秦淮河碧阴阴的岸边,看朦胧的河影里漂浮着来来去去的大小船只,听着那悠悠然间歇持续如梦的桨声……忽然眼中仿佛看到了令我敬重的他和另一位大家俞平伯先生在民国那年的仲夏之夜,他俩乘坐"七板子"同游秦淮河,有些许甜酸惆怅的滋味。刹那眼中又闪现出两位先生穿着民国时代的布衣长袍,将要上岸时心中装满了人间幻灭的情思……

我在网上看到过他们年轻时的照片,那是怎样美好的眼睛透着文字的光芒。我想象着他们的文章比他们的内心思想更有意味,这意味在于文脉对一个人的滋养。现代人太浮躁,太急,怎能体会到他们在那个时代写在稿纸上散发出的墨香的气息呢?

我在一点一滴夏夜的光阴里,读着这一篇篇民国时代,有着生命温度的白纸黑字……

我爱他们写的散文散发出的那种独特气息的味道,因为,他们的文字都闪着不一样光泽的照耀感,像早晨刚升起的太阳,在读书的夏夜里能照得我一身的光芒。这刹那美好的光芒,有美好的旧人与美好的旧事;有民国年间凡俗热闹的市井声;有暮色寂静的深巷里最好听的钟声,木鱼声、叫卖声、雨声和无语菩萨的低眉;有好的故事,有北平的春天里"乐而不淫""哀而不伤"销魂的海棠;有故都自然之美深秋天里况味的远意；有金陵秦淮河的桨声里泛起的一泼又一泼五颜六色灯影里的梦……

今晚，我愿意和这本书中不同的旧光阴一起美好吧！因为，那一篇篇民国时代的文字知道我；那打民国而来故都的秋风知道我；那民国时代的旧光阴知道我；那民国时代的一池荷塘里的静水中倒映出的那一朵粉白的荷，莲的禅音，清凉凉的月亮——全都知道我。

今晚，我愿意做这本书的聆听者，记录者，用最美好的旧人和最美的旧事，用最美好民国时代的文字来淹没南方小城三伏天盛夏的夜晚，一直淹没，把黑夜拉长，做一个读书有趣的灵魂，我居然一直读到深夜。

今晚，是一个读书深情的夏夜，是一个感慨颇多寂静沉默的夏夜，是一个刹那美好有着许多莫名惆怅的夏夜。忽然我从座椅上站立起来，在小屋里自由自在地踱着步子，我相当投入地想象着他们在民国时代与读者在一起快乐幸福的样子，如果我生长在那个年代，一定会有我吧。刹那想象着美好的事，奇怪的是，连那些讨人厌的蚊虫哼哼声都没敢骚扰我，更没敢叮咬袭击我。许是，我一人且读书且深情且沉默且感慨颇多的夏夜，不早一步不晚一步遇见民国时代——那些大家美好内心的思想，与有趣意味的人和好的事的魅力吧。

夏夜读书恰恰好，也许，也许吧。

天柱山,我是你的山河故人

我在安庆是坐旅游车去下边的潜山县到天柱山的。车行驶没多会儿,一个年轻的女导游微笑着给我们讲解:"天柱山又名为皖山,安徽简称'皖'由此而来。它自古就有'南岳'之名,被誉为'江南第一山'。唐代大诗人白居易登临此山曾写过这样的诗句,'天柱一峰擎日月,洞门千仞锁云雷……'这是白公对天柱山的精彩描绘。"

我路过天柱山倒是有几次,而我没有一次真正地走进此山过。此刻,我听着这位导游小姐的一番讲述,颇有趣味,让我有种无法掩饰的喜悦,刹那内心暗自扬起,我真有点急不可耐了。

下车后,我快步走进山脚下,心中怀着一团朦胧的神秘感,凝望此山,它依偎在五月的怀抱里,静谧、清新、欣欣然。

五月的阳光温暖又闪亮。那么,让我满身轻装进山吧!

我们一行走在青石板铺就的崎岖的小山道上,拾阶而上,不时地遇见下来和上去的山民。不一会儿,那些山民的身影似乎隐藏在山坳里不见了,而远处的山间又透出几多茶农晃动的薄影,很快那些茶农晃动的薄影也似乎藏匿在青翠的山间没了踪影，这时才知真正看山的只是我们。

我们一行再翻过一道山岭，抬头看到那一览视野的宽阔，与漫山遍野高低错落朦胧无边的绿意。此刻，再也听不到山外的一切喧嚣的声音了。

有人说，一个成功的男人背后，肯定站着一个知情达理的女人。而这座雄壮叠上几层大山的背后，一定会有温柔婉约的雾。

你看那一团团婉约的雾，她忽而依偎在大山的臂弯内，她忽而又把那威武健壮的身躯萦绕得深沉而含蓄，不落寞，不孤独，她是大山的精灵，她是大山的故事，山雾总相依，这就是自然界的和谐造就了自然万物的绮丽之美吧。

大约十点，我和十几位旅者走在阳光闪烁的一片林间。

风，飞进绿树林间，有逗响的莎莎的绿叶声。风，飞进青翠的竹林，竹林摇曳，禅静幽幽。可我为什么来到这里，一切都变得那么安静，一切尘世烦愁都可以收了呢？因为这里的安静与大自然融合在一起集中在一处，只有绿荫间折射出的一束束明亮的光柱，只有山雀顽皮的鸟声，风声，绿意，禅意，自享自静自美。

不经意，溜个单，从人群中掉下来，我放慢了脚步倚靠在一处幽静的地方休憩一会，自然吹来一丝清凉，气平和了，汗收了。忽然一阵风裹紧了我，把我的单薄衣衫吹得呼呼响，把我头发也吹乱了，这分明是一种拥抱，我在风的怀里被"她"拥抱着，被"她"接吻着，一次次扑上来，扑上来。

有风，有树，有绿意，自然有水。

我听到了急促流水撞击岩石的声音。只见有一瀑布从山顶上越过乱石顺着自然绝壁不要命地飞泻而下，在飞泻下来的瞬间，水花四溅，十分壮观，自然形成了一道道银白色的水柱。五月的阳光穿过银白色的水柱，呈现出一道道美丽的彩虹奇观，能给你一种人走虹移的视觉。在不远的地方，山泉也来凑热闹了，这儿一潭，那儿一潭，自然形成了清澈的溪涧，而温暖的阳光折射在清澈的池潭里显得波光粼粼，要是喝上一口，觉得都是甜凉的。

一转身，我隐约听到不知从何处流来的一溪潺潺的水声，那隐隐动听的流水声，为何这样熟悉呢？

我常在梦中听到这样的"一溪女人"缓缓流淌的水声。可让我惊喜的是，她裸睡在沙边透明婉转的样态，她怀里倒映出的山秀、绿色、蓝天、云朵、飞鸟，一人的身影，为什么与我梦中见到的一样呢？为什么我面对镜子般的一溪女人时，内心泛滥无比，反而无语呢？为什么我总想取一瓢饮，饮一瓢清澈柔软的一溪流水呢？

我一下问了自己这么多问题。或许，是你见到与你梦中一样的一溪女人的缓缓的流水声都会这样问吧。

午后，雾收了，已露出躲藏在大山间的三祖寺。

当我们一起走进寺院时，只见那非凡的殿宇，雅致的楼阁，塔刹高耸，竹秀林幽，禅意浓厚。突然想起自己待到年迈的时候，要是能住在这里写写字，读读书，品品茶，听听佛音、风声，与几只飞禽鸟语，再嗅咽丛中几株花香，看看月明，修身养性，老了再沾染一些禅意和仙气，真是人生的大欢喜。

我们一行又登上一道山岭，人在山中，山水一新，入目的皆是山峰迭起，有的像一个踩云的仙子，有的像一个踏云的飞兽，真是一片奇异错列变幻无穷壮观的世界。向西一眼望去，我看到隐隐露出被潮云雾海缠绕的天柱峰了，它孤身寂寞突起，它凌空耸立，宛如一把利剑，像雾海里的一座神秘的塔楼，仿佛能给人一种真正登临仙界的感觉。

我站在山石之巅的姿态，是与天柱山对话的样子，是与孤身突起的天柱峰微笑的样子，是与那勾勒出颖蓝浩大的天弯想大声呼喊的样子，也是我把所有看到的光阴河山装在心里向它敬意的样子。是啊，这是我平生第一次有这样的感觉——踏进南方的山中，每次呼吸都满含草木清新的气息；每次俯视那落满整个神秘谷的红霞都是一片火似的红；每次深情地抚摸那奇异的自然山石觉得都是生命鲜活的载体。

南方的山，似有生命是热的，就像南宋时的山水画，有灵性，有温度，让你生不出任何凡俗杂心，一看就深情，再看就倾心。

有人说，五岳归来不看山，黄山归来不看岳，天柱山归来不看峰之美誉。难怪明代诗人李庚对天柱山有赞叹的诗句："天下有奇观，争似此山好……"

造访天柱山，我这么晚才一脚踏进，也是我人生喜悦的第一次。

我想，人一生早晚都会遇见这般奇异的自然山石，浓绿、风声，禅意幽静，"一溪女人"缓缓流淌动听的水声。这些都是我与南方的山水光阴最深情恰好的相逢。

我走下山脚，看暮色来临。我想问，那些大自然造物的神奇它们很快都一一藏匿在何处了呢？我想，它们定是一时跟随我下山的脚步全都融化在万籁寂静的自然界里朦胧了，远了，且看不分明了。

再次远望，南方的山——我要深情地告诉你，是你让我心怀动荡贴着大自然的温度看万物明亮，是你让我怀着对你的敬意之心与山水光阴共深情，也是你让我看到的一切自然和谐造物的神奇与庞大的暮春里那些山河岁月的秘密——全告诉你。

还告诉你，这片南方的青山绿水，我是你的山河故人。

初寒天,相逢静晚亭

我又一次从河南来到合肥。在合肥做短暂的停留,一个人便驱车从合肥赶到皖江小城了。我的千里路遥重来的一路奔波,是因为要办理以前遗留的商务。

两天后,我的同事也到了小城,他是初来。

我每次重来都要住上一段日子。我对小城要说的是,只要你曾经停留过有旧念的地方,怎能不是我的第二个故乡呢?

我来小城有一段日子了。客舍的灯光是淡黄的,我顺手拉开帘窗,外边的西风终于透进来,因了近窗的缘故吧,渗透来的冰凉之感袭上了身,刹那像泼冷水似的,想到新寒的意识了。

下午,我和同事打声招呼,一个人想到湖边薄游一番,度一日傍晚初寒的时光,重游湖畔的一个亭子。以往,我每次傍晚去湖边散步总会看静晚亭的。

我是坐 12 路公交车去的,乘车的人并不多,看车窗外街边的房屋,全是弥漫着暗淡的灰色,处处显着凄凉,不及往来春日嫩绿的新鲜了。

165

我很快来到了目的地，漫步湖畔又看到了岸边熟悉的细柳、石桥，与去往静晚亭通幽的小路。唉！再也没有往日的浓绿了，极其怅然，总会渗透出几缕忘却不掉的记忆！怎能不使我想起春天里的清晨那条小路的清爽和新鲜，夏日傍晚时的那几处浪漫的情趣，还有秋季黄昏时的那一处处艳艳的风情呢？那些满是朝阳新鲜的清晨，那些满眼黄昏夕阳西下幽静的光影真的走了吗？它们都到哪里去了呢？谁知道它们都缥缈在何处了呢？或许一个个都藏匿在初寒天的背后了。

可是，谁相信身边到处是初寒的风，它竟让那条熟悉洁净的小路愈加的冷寂了，但无论怎样的冷寂，那也是我熟悉湖边的故道啊！

我看涌向岸边到处是绿色波纹的湖水，似乎在轻抚着我，只是湖水再也没有夏季时的柔软了，感觉有点硬，是甜冷的，仿佛能使你整个身体消融在湖水中像一条银色的鱼。突然一个浪头扑来满身的精神，还是那样的充沛，让我自由自在穿梭于绿色柔软的湖水中。湖风吹来，再次撞了我一个满怀，向西飘去，我好似从薄薄的寒气中醒来。于是，我忘掉了夏日的梦，叹了一声！其实，我是不会游泳的。

我到了凌湖桥，已是黄昏，只见漂浮的水面上，有片片绿色的青萍，它们兀自拥有无限坚强的生机！桥下到处是它的踪影。桥上的梁子，是冰冷的，看那棵棵树木在风中傻立着，怯新寒般再也没有以往的热情，已露出片片枯黄的颜色，偶尔林木间有几只低飞的鸟雀也回巢了，它们也知初寒来了吧，不然何以再也没有往日婉转的鸟啼声了呢？

唉！真是几场雨把秋意淋湿了，把秋意也淋漓老了，这到处呼啸的风把秋光也吹散了，那些凄然暗淡的寒姿在眼前渐渐成熟起来，特别是那些枯枝上突兀出一个又一个的鸟巢，远远看去，黑黑的，圆圆的，饱满的，而它的姿态和神色感觉有些过分的清高，好像在整个庞大的冬季里，只有它能承受着寒风的凌厉，又唯独它能承担着初寒天浩大的孤单。

我喜欢那些枯枝上突兀出的一个个鸟巢，多么疏离，有种赤裸裸的丰盈的美感，更具有一种高不可攀的诱惑。寒风再来，那些黑黑饱满的鸟巢在风中颤抖了几下，那一刻恰恰能击中自己孤单的心。恍惚间，我好似与它是"同类"，是其中的一个，我们都在风里，感觉温暖，不再孤单。

我看见湖畔之西的静晚亭了。

亭，再也没有在以往的夏日傍晚，我和几个朋友聚在一起纳凉慢坐的景象了，它显得疏落寂静多了。

我快步登临静晚亭，坐在亭边的石台上，可以远望亭外的水色空蒙，可以遥看远处的微薄晃动的残影，可以近看初寒天的黄昏已漫过了屋顶，漫过了那一个个黑黑的鸟巢，也漫过了这一片波纹的湖水。很快眼前的黄昏快要消失了，亭柱上的那一抹温馨的嫣红也快要消失了，当一切都快要消失褪尽的时候，这时我身边要有一盆炉火多好，能一边享受炉火的温暖，能一边看东城的街市初上的灯火，还可以倚在亭柱上感受这般初寒的黄昏快要走时的清妙，那该是多好多美的情致。

转眼，初寒的西风吹走了清寂的黄昏，梦怎么不来临呢？

不久，夜色来了。

你看，那亭外的寒夜星子还没有初上布满呢，只见月儿便来到了静晚亭的檐下，那亭外淡青色的弧线仿佛弯成了一条河，真美。

月光清寂寂的，月光下连自己的身影树影和静晚亭的身影都是清寂寂的，再看风中的鸟巢，不知什么时候，它们全都消失在夜色中了，想必在这薄薄的夜色下，当鸟儿再次从巢里探出头时，鸟儿也知夜色来临，定会糊了它们的眼睛，也茫然了我的心。忽然亭外刮来一阵尖风，我掩面轻叹着，因了工作的变故，我即将要离开这座南方的小城，或许这是我最后一次看静晚亭了吧，不想说了！真的不想说了，我穿着那件发黄的旧皮衣背着夜幕下的静晚亭走去了，总感觉背后不时地有沙沙作响零乱的黄叶与到处飘飞的纸屑，仿佛它们都在一一挥手与我告别似的。

是啊，最深的告别！只有寂静里的那种沙沙作响的声音，没有一句告别的话语。转过身，再看静晚亭，站定了，我也没有什么告别的话可说，我唯有向"晚亭"轻轻地叹息一声！再站一会，我唯有向"晚亭"低眉，眼睛只有潮湿，已经很好了，这些不免总会引起我内心告别时的忧伤，刹那我又舍不得这种告别时的忧伤。

我在月光下走了很长很长的路，就像心中装着好长好长淡淡的忧伤，是一个人很独自的那种有格调的清寂寂的忧伤。

我问自己，在今晚的月光下与静晚亭最深的告别，也不知什么时候能再次相逢？

——后来，常常说起，在那年初寒的一天，那年轻人恰好就那样赶上与静晚亭相逢了。再后来，也常常想起，坐在亭边的那年轻人，唯有向"晚亭"轻轻叹息的那年轻人，唯有向"晚亭"低眉的那年轻人，告别时没有什么话可说的那年轻人。可那年轻人再也没有和静晚亭相逢过，再也没有重复不舍地告别过，再也没有什么告别时深情的话可说。

到现在我都记得那年那天的事：在月光下，那年轻人，一时站定在那，也没有什么告别的话可说，眼睛只有潮湿，怅怅，就那样背着薄夜幕色下的静晚亭走开了，就那样完了。

这是真的。

过往岁月

我忽然变得无比怀旧。记得的，居然都是些一个人过往的时光。我甚至想念起那些忐忑、忧郁，或许为逃避一份愁乱的心路，或许为了向往、好奇，这些心情交织在一起在别样的氛围中又一次憧憬着未来的自己！

那年寒冬天，一次偶然的机会我应聘到一家企业做商务推广。

三月天，在头顶小阳春的日子，一个薄凉的清晨，去吧！一个人的远行，我撇下妻儿孑然一身来到皖南的一座靠山傍水的小城——安庆。记得刚来到这座南方小城的那些春天的日子，为了生计，上午我去北岸一家商业公司，下午我再坐渡船去南岸另一家商业公司，不厌其烦地洽谈商务。很多次，一个人回到北岸小城已是黄昏，我经常走在熟悉的巷子里去那家小吃店要上一碗热干面，一碗白汤，简单用过餐后，再点燃一支香烟，然后想想自己一天做的是什么，明天还需要做什么。

那些日子，我在江水的两岸不停地寻找，不停地寻找怎样找到那个更好的自己，然后定位好自己，把自己的脚跟在小城站稳。最初的那些日子是做工最迷茫的境遇，即便做工再苦再累，而我还是乐此不疲地寻找自己，像在寻找人生的一个谜题，也许只有那些日子有梦想灵魂的时候吧，才会那样不停地寻找与自己相关的人和事，也许那些日子一路寻找的是另外一个执着的自己，但最终要找的是那个永远在身边奔波在江水两岸的自己。

当终究有一天真正找到了自己，而又得不到认可的时候，是惆怅，是疲惫，是无奈，是迷茫。我问过自己无数次，我来皖南小城到底想要的是什么呢？

菱湖，集贤路——那是城内的一汪湖水，与一条喧闹的街市。

有时的傍晚，我会用点酒来解除自己一天满身的疲惫，喜欢那点小泛滥的酒力在自己的腹中慢慢发酵，而自己的脸上挂出了别样的神采，一个人在湖畔散步的那种感觉。那个时间，看灯影下小醉的身影，正是与自己独处时所需要所享受的。也是那个时间，我边走边听湖水拍打岸边的声响，一转身，看月色洒在湖面上还是一片粼粼波光，抬头用微醉的眼神看夜空浩大的底色，还是一片深蓝，与我一样透明而干净。记得那晚我和一个知心好友打电话，通了却不知要说什么，只是无语地听着对方说："你还好吗？在那里的工作怎么样，顺利吗？"

"嗯，还好"。

刚开始，我就这样与好友简单扼要地说着话，一个人沉湎于灯光暗影里，可心里早已是一团火温暖着自己。往下，我话匣子一开，说一些不可告人的小私密，不能启齿的小心情，甚至那些厌恶至极迷茫的烦愁，那会儿状态"异常"的好，不给自己设一点防备，痛快地全说了出来，那一刻把自己放逐得彻彻底底，不保留，没底线。挂了电话，看满天星辰，听岸边声响，还是我一个人。

在寂静的湖畔，我经常想着给家人与好友打过的每一个电话，发过的每一条短信都如此的珍惜与温暖。

那天月明的夜晚，一个人在秋风中走去，一个人在湖畔秋风里狂走到深夜，走到月色星光秋风全都安静下来的时候，突然猛一回头，看到自己微醉的影子在晕粉的月光下会突然掩面而泣——无人可解的样子，无人看到的样子，就让湖畔的月光看吧，就让湖畔的满天星光看吧，就让湖畔的秋风看吧，唯独自己知道月光、秋风与星光看到的，是一个人满目荒愁且无助又孤单在湖畔秋夜的样子。

有些天，我也时常把自己喝得落花流水，独自走在人来人往的集贤路的街头，满身的酒气，在灯影下，在风中，在夜下，寡言而笑，傻傻的，那一刻的无奈与无助可以放大，可以淹没，寂寞，孤独也会。酒后，有时会莫名的心酸。眼泪，就那样忽地狂泄了出来。就是那些日子，有风的街头，笑过，哭过，把自己对未来不确定黯然的心情品味得淋漓尽致。

是啊，那几年我走过了遇见时的欢喜，也见证了别离时的惆怅，无论好与不好，这些都是我唯一的选择。那年春天，我选择了这座南方临水的小城，我选择了与小城在一起走过的时间。三年后，我终于选择了与小城的分别，那是极度私人的选择，属于一个人的。

对，属于一个人的，属于一个人的选择，但我最终也选择走出了无奈、无助与不确定的迷茫的境遇。

我从此放下了对自己未来不确定的迷茫。记得那天告别南方小城的时候，我在小屋收拾行李，抬头看到镜子里的自己，脸上的皱纹有被岁月过往凋败一些沧桑的痕迹，忽然有些心痛。有时最深最痛的告别却没有道一声分别，那天尽管与小城告别时我内心柔软，甚至柔软到没有找到一句深情气息的话与它作最后的告别。可是，我爱南方小城与我在一起时每一天温暖人心的气息，再远，我也能闻得到。

有时，我想起那时的自己，到底是什么样的心情，让自己如此的难以忘怀呢？

我只能说，那几年——我不管是疲惫的、无奈的、无助的、不确定的、不安的、迷茫的，还是炽热的，还是梦想的，毕竟那些日子与我真诚的相惜相守不嫌不弃过，包括每一天过往的自己，包括每一天那座南方临水的小城曾经温暖过我的气息。有时想起这些当我拥有它在自己身边时，大多时候，是自己说给自己听，是自己弹给自己听。

有一天回头看它时，那些日子在自己的身边早已远去，那些远去的日子——就叫过往岁月。

到今天，我居然最难以忘却的就是在那座南方临水的小城的过往岁月。因为，当你有一天再次南望小城，再次挥手与曾经那个过往岁月的自己告别的时候，我才能说，不再回来的那些告别的日子，有属于自己的无奈和迷茫，有属于自己的梦想和快乐，还有好多好多……尽管那些经历，不是太如意，甚至大部分光阴被黯然笼罩着，但终究不是件坏事，全当是过往岁月馈赠给自己的人生的丰富阅历。这些丰富的阅历，一旦拥有，从而会让你看淡很多东西，也会让你看到生命中的暖和好。重要的是，那些不确定暗淡的过往和时间的对峙中，必败无疑，时光无敌呀。

我再次真诚地说：

那座依山傍水的南方的小城，因你，我爱两岸的江水，喧嚣的街市，幽深湖畔的月夜，温馨的小屋，还有那台小扇陪我多少个夏夜轻摇的好时光。所以，我从来对自己唯一的选择不示弱，不后悔，是它给了我以后最闪亮成长的光环，是它让我一天天成为现在自信闪烁的自己，是它让我经常泡一款好茶，约一两知己同享。偶尔，倾谈那几年也是它给我了最独一无二过往岁月最真实的时光。

一到每年小阳春的日子，我站在与那年一样的三月的骄阳下，忽然有南风向我徐徐吹来，瞬间那座皖南小城曾经温暖过我的气息就会扑面而来。

谢谢！我们彼此还会照见。

第六辑　亲爱的远方

　　亲爱的远方,你隔着山水光阴,很远很远,真的太远了,惆怅呀。可是,在我心里,一直贴近远方,在我梦里,一直睡在远方的夜里靠着远方枕着远方很近很美很烫的,热烈呀,欢愉呀。

亲爱的远方

远方——这两个字,多美,多绿,多粉,多意境呀!因为这两个字本身就充满了无限神秘的诱惑……就像深远清美的一个妙人,是罂粟,又妖艳,知道怎样去迷惑我们,更知道怎样让我们去迷恋,很温暖,能让我们像飞蛾扑火一样飞向理想的远方,梦想的远方。

有什么办法呢?"远方"这两个字格外的婉约格外的神秘格外的诱惑,看着这两个字就给你一种丰富联想的意境。

这个世间每个向往远方的人——想象力都是极为丰富的,而心中装有山水的人都怀有对远方优雅的诗意,也是一个与众不同的梦想家。是啊,真正梦想美意远方的人,是一种心灵的回归,是一种精神喑哑时的一盏照夜美,是一个人在路上寻找内心的确定与不安——发现潮湿,温度,亲切,在远方无与伦比的风月里照见你我。

我们寻找内心的确定且让人迷恋的远方总是有魅力的,甚至能持续不安地去迷恋。

这个世间还有一种远方,是从未到达过未知的远方。可这种远方的远到底有多远？是隔着我们的灵与身，是隔着万水千山。有时，它会在你好多深夜通宵达旦写作的时候，刹那能侵占你所有精神园地的领空，不给你留下任何一点地方，一直迷惑你。

我一直认为，让人迷惑的东西总是美的。

如果你心中有梦想的远方，那么，就去吧，就去吧。

我们谁不喜欢坐在火车上感受自己想去的远方的路程。那个时候，我们和奔向远方的路程在一起，我们和奔向远方的自己在一起。

有个作家说："远方，如果是另外一个自己，就是精神与灵魂的私奔。"

是的，邂逅另外一个自己的灵魂，与自己私奔。所有美好的邂逅与私奔——都在最理想最梦想最神秘诱惑的远方。

摄影师肖全曾经说："我愿意在路上，我愿意找到一种确定。"欢喜，蜜意，浓烈，新鲜，陌生，惆怅，告别，这些都是在去理想梦想的远方能遇到的能看到的，一边动荡不安着自己的灵魂，一边抚慰着另外一个自己孤独的内心。

前几年，一张普通的火车票，我常常一个人去远行去远方去寻找不期而遇的有趣的时光……

我喜欢在一座陌生的城市乘坐公车，看车窗外川流不息的人群，感觉整个陌生的城带着诱惑你的脸，散发着安静且迷人的微笑。

中国的西南部，最远，我到过成都去看宽窄巷子。

有人说，成都的休闲自然源头在都江堰。可我认为从某种意义来说，真正文化休闲的源头在这两条古老的巷子。因为，这两条古老的巷子，就像是一个天然过滤喧器的静音器，刹那能使人心安静下来，能使你的脸色都是清净的。所以，你要想真正体验成都的休闲安静的生活，那里的宽巷子与窄巷子是最原始标本的地方。记得那天我坐在宽窄巷子的某处最佳安静的角落，一杯咖啡，抽上几支烟，一直等到黄昏享受幽静，真的想就那样一直待下去，看那些从弄堂里进进出出与我一样远方的外地客。偶尔看到有两个金发碧眼的西方女子的脸上泛着另一种满足且安静的笑容，再看那些与我擦肩而过或偶尔在身旁与自己一样小憩安静的过客。然后，再看他们微笑着安静地离开，那会儿感觉远方的巷子里流动的光阴都是慢的，是静的，是美的。

那天在宽窄巷子的黄昏，我的心却开始向往明天到成都下面的一个古镇——黄龙溪。

次日，我在古镇秋风徐徐的绿荫下，看几个干净的学生在认真地写生，看最佳幽静的地方和一座弯弯的小桥，看浅蓝的天空下放飞的几只飘摇的风筝，看和我一样三三两两旅行的人好像是另外一个自己，在宽窄巷子不过也是邂逅自己，或者去找寻前世的一种确定的温暖。在古镇的黄昏，我喝着当地的大碗茶，一个人，静静的，在手机上去写着关于自己的一天不成篇的游记，真想在古朴的小镇上独自居住一直写下去，去写关于自己在远方的一本安静的书，唱着属于自己的一首安静的歌，做着属于自己在远方安静的梦。

我在成都几天玩味秋日的时光，在宽窄巷子，在古镇，在远方！多理想的远方！多梦想的远方！多幽静的远方！美到不敢言说，怕惊动了宽巷子，窄巷子与古朴典雅的小镇。

有一年的春天，我去古城洛阳看牡丹，在王城公园，只见那一朵朵牡丹在春天里都在发了疯的盛开，她们个个穿着俏媚的小香衣开的又肥大又丰满，每朵都有自身奇异的神采，就像盛唐时的一个个丰润的美人，美得让人不想说话，艳得让人不敢接近。看到真正美的东西都是这个样子吧，只能惊心，惊到无言，只想远观，很神秘，似乎遇见了一场在春天里盛大的爱情。忽然觉得一个人赏来一人看，在远方的山河万朵的牡丹花中一团喜气却惊到无言地活着真好。

有时候，我们跋涉了千山万水——只是为了看理想的看梦想的幽静的远方，只是为了看美得让人不想发一言又舍不得接近的远方，只是为了在远方遇见一个有想象美妙的远方，无关风月，无关情意，只关乎有趣迷人的时光与远方。我喜欢说这样的话，你能说出的远方懂，你不能说出的远方亦懂。我想彼此最好的懂得，不是你与远方遇见时的会心一笑，而是远方相遇你时懂你的刚一出口的言外之意，懂你想说的欲言又止的欢愉和热情，懂你的秘而不宣的优雅内涵，懂你的刹那之间深情的眼神，并且珍惜你去看远方的天地大美意。

有的远方，一看就不是你的，与你有着说不清楚的隔阂感，仿佛隔着一层衣服的距离，非常凉，没有一点温度，不是不好，而是看上去不接地气，甚至隔着千山万水，始终你在地上，而远方却在云端。有的远方，一脚踏上去，就接地气，仿佛前世来过，有似曾相识的感觉，与你如影随形，贴心贴肺，非常温馨，像爱上了一个前世也爱你的人，每一时每一分每一秒都想和远方厮守在一起，一直到地老天荒。

有的远方，总有一处能让人热泪盈眶，总有一处永远能让人存放在心底。

是啊！在我居住的中原小城——那些隔着很多层重叠大山以外的远方，有时候为了靠近它走进它需要一路热情的奔波，一旦靠近走进，对于远方的喜爱，只因远方的光阴，是一个个小时光的温馨，是一杯浓香的咖啡，是一壶暖心的茶，是一段美意的行走。这真是我心中理想的梦想的幽静的远方，有路有巷有古镇，有花有草有黄昏，有陌生的脸孔，有喜悦的人群，有另外一个自己的灵魂与自己私奔。我愿把自己的深情留给远方，我愿把远方的安静与美意留在自己的心里。我愿与远方贴着烫着深深爱着，然后活成自己最好的样子，这是上好远行的生活：有清欢有风声，有蓝天有云朵，有星光有月夜。

我在自己去过的那一点一滴行走在远方的路程中，你都能在这篇文字里找到，那是我理想的远方，梦想的远方。尤其是，我对远方的热爱和深情散发着朴素的光芒，或许这种热爱，深情，朴素的光芒，不是你能拥有什么，而是在你心里总有一处耀眼的远方，默默地在自己心里的最深处，需要空间给予你的那种精神明亮的光芒，就足够了。

还有比这样远行的时光更有趣味的吗？忽然想起一句话，我只和有趣迷人的时光同谋，看远方与自己在一起美好的样子。

这样一想，心里多美。亲爱的远方，你隔着山水光阴，很远很远，真的太远了，惆怅呀。可是，在我心里，一直贴近远方，在我梦里，一直睡在远方的夜里靠着远方枕着远方很近很美很烫的，热烈呀，欢愉呀。

亲爱的远方，我再次靠近你走进你的身旁，不知道是哪年？

深夜，我只能与你温馨地道一声：

晚安，远方！

清寂，清寂

> 有人说：清寂是一段无人相伴的时光。我却不以为然，我所认为的清寂不是形单影只，也不是远离人群和市井，而恰恰是内心。许多人都怕这种内心的清寂与孤独，可是人生总会有一些内心清寂不同样的时光……
>
> ——前言

一到中年，我越来越喜欢清寂。

我与清寂一直保持着恰好的心态。因为清寂的心情饱满到风雅时，可以养身养性打动人心。

有时给自己一些清寂在身边，是光阴里的人生静好。人到最后，一定特别清寂，连爱情亦是吧，哪怕清寂到只有你和她，看似清寂，也不清寂。

往事很多，旧梦也很多。

偶尔，我想起自己的那个旧梦，感觉摸上一把，似乎一下子就摸到了那个在梦中没有一点光芒的清寂。

有好多次的梦中，我一个人站在山顶的一处平台上，然后，纵身一跃跳入一汪清澈的湖水中，那会儿感觉自己像一条会飞的快乐的鱼，在无边无际的水中，游呀，游呀，忽然一个浪头扑来，把自己在梦中的快乐一下子打翻。惊醒后，一直在想，要是自己在梦中不被打翻有多好。那样，我就会一直游，一直能游到湖心最深处最神秘的那个地方，或者一直能游到我想要去的那一片阳光的彼岸。到现在我也不知道为什么在那样的好多次的梦中，一次次地被浪头把自己打翻，但我每次从这样的梦中惊醒，感觉自己倒像是一条清寂的鱼，身上没有一点光芒，是凉的。如果以后让我再做同样全是清寂到没有一点光芒的梦，我不。

我绝不。

我居住的小区，有一位老人，一头银发，微胖的身材，他时常穿着一件暗红色的绸缎上衣。他早晨散步的样子，不老态。我每次见他时，总会向他问好。他给我的印象是有一颗优雅清寂的心，看着慈祥安静，非常让人心仪。

有时，我想想自己年迈的时候会是什么样子呢？

我希望有一个不大不小的小院子，远离市井，在小院子里种种花草，养上一只肥猫，看它慵懒地走着小猫步，看它在明晃晃的太阳下睡懒觉。偶尔，我一个人坐在爬满绿荫的墙壁下，看叶子老了，看墙老了，看墙壁下自己的影子，不再风华正茂，身已老，不虚度每一天每一时每一秒，热爱每一道松弛的皱纹和每根白发，深情地活，优雅地活，就那样把自己活成像一首诗恰好的老去。真到那一天，在院子里放上一张小木桌，几把竹椅子，泡一壶有着光阴岁月的老茶，时常会上几个知己好友，倾谈，倾听。或者什么都不干，听上一会儿旧曲，再想上一会儿正当好年岁里的往事与旧梦，也很好。那个时候，我肯定没有现在的文气和灵感了，我什么也不写了，怕写出来的文字很丑，没人再看了，也没人记得我了。是啊，到那个时候，带一副老花镜，只是读书养心，忽而一阵清风入怀，在读书的光阴里——过着一种深情优雅清寂的日常。

我想象着自己年迈时候的样子，忽然想起张爱玲来，她写作的盛期就那几年。往后，她在国外的漫漫人生大多都是做翻译工作，为了躲避媒体的烦扰，她一次次更换居所，她愿意一个人享受那份有气质、有内涵、有岁月沉淀的贵族式的高雅的清寂。

——请允许我以后有她那样有内涵清寂的气质，至少，我以后向往她那样的有贵族式的高雅的清寂。

有一天下午，记得我姐在微信上给我发来台湾作家三毛的一段演讲音频，她演讲的声音真好听，说不清为什么，总感觉有某种气场始终包裹着她，拥随着她。那个年代，好多大学生喜欢她，羡慕她到处游走于山水之间，多么开心，多么阳光，多么浪漫。有一年的冬季，她在台湾一家医院最终把自己交给了一条咖啡色的丝袜——上吊自杀。那个年代，三毛蒙骗了所有喜欢羡慕她的人，看似自信柔情的声音，看似阳光的笑容，看似充沛的内心。可是，有谁真正知道她内心深处的那种清寂寂灰色的荒凉呢？

我一直认为具有一种风雅的清寂，是可以丰富人的内心，还能散发出一种文艺的气质，但不要有真正浓郁清寂的灰色，容易轻生——三毛，海子，张国荣。

我们走在人生浅喜深爱的路途中，有各种各样清寂的时光，有清凉的，有唯美的，有高雅的，有刻骨铭心的，有黯然失落的，甚至有不堪挣扎的……无论是什么样的清寂，只要活着——要养得起更要担得起自己的内心那种清寂的时光，要坚持在光阴里去修行自己，慢慢把清寂升腾，逐渐形成属于自己的那种格调优雅的气息。

有时，那种格调优雅的气息，说来就来，瞬间就可以席卷全身，耐人品味，从中得到坚韧、力量、慈悲，让你在时光里提着那盏耐人品味的照夜美,一步步地往前走,照亮自己的内心,照亮与你志趣相投的同路人。有时,那种格调优雅的气息,隔心隔肺是可以闻得到的。真的——即使隔得再远,它也如同灵魂缠身,扑面就来了,刹那之间会恰好温暖你内心的很多东西。

比如那些芬芳蜜意后的失落与烦忧,那些悲喜交集后的寂寞与孤独,那些聚光闪耀后的黯然的光阴。

因为,它懂你。

我们谁不喜欢清寂的内心慢慢升腾后的那种优雅的气息?因为,那种优雅的气息能使人褪掉热气和浮躁,能让人在时光里盘出别样的精神的光芒。那种光芒,不刺眼,一个人可与那种清寂的时间为伴,可与山河光阴同乐,可与日影月影同辉。那种光芒,又温暖又明亮,是可以养眼养心过着风雅有趣的生活,是可以品出人生自是有清欢饱满的深情——来款待时光,来款待自己,来款待所有温暖过你的人与光泽的事。

我喜欢用光阴的力量吹拂我内心的世界,赐我人生的厚度,是饱满、是含蓄、是不露声色优雅的美意,是那颗自由自在藏于内心有美好的风影,有山山水水,只是没有了年少时的张狂,全是光阴之味馈赠给自己的丰厚有风雅内涵的清寂。

我爱那种丰厚有风雅内涵的清寂,而它也爱我现在中年润气中的自己。

因为,彼此懂得,才会彼此照亮。

简单与复杂

每个正常人的特性大概有两种，要么聪明，要么愚笨；每个正常人的做事大概也是有两种，要么简单，要么复杂。

作家马德说："小的时候简单，长大了复杂；穷的时候简单，变阔了复杂；落魄的时候简单，得势了复杂；君子简单，小人复杂；看自己简单，看别人复杂。"

其实，每个人自出生之日起，最初的内心世界都是极其简单的，只是在成长的过程中，看到纷扰世间利益分配的那一天，明白了什么是得失，看懂红尘世间离合聚散的那一刻，心中便有了爱恨。于是，原始的那份简单的心，就不再简单了，这是成长的烦恼。如果人们都能保持原始的那份简单初心，彼此至诚至爱相待对方，你想，那么人人都平和了，快乐了，宁静了，这个绮丽复杂的世界也变得平和了，快乐了，宁静了，这个世间与我们应该是多么的美好。这只是我对这个世间的一种美好的愿景，因为，这个世间有权势，就有扰攘；有利益，就有纷争；有红尘，就有薄情。

有的时候，我们总会面对一些相对复杂的事，把复杂的事要看得相对简单点，看似这条路走不通，退一步，就能找到行得通的路。所以，把复杂的事变成相对简单的过程，这需要心态的宽阔与智慧。

生活中，我们总会遇到一些相对棘手的人，这需要艺术的心态去把握，因为棘手的人会有一把纠结的心锁，愚笨的人总是打不开，而智慧的人，能与生命讲和，能与生活妥协，能与自然握手言欢，便能找到一条通往心灵的钥匙，与对方方便，就是与己方便，才能打开另外一扇心灵的窗户，人与人才能和睦相处。所以，只要把人做好了，不会与它为敌，不会与它反戈，与它，才能化干戈为玉帛，在那玉帛上，写着四个有光泽的字：大智大慧。

这样大智大慧的人都有一颗包容豁达的心态，他们往往活的自在、活的轻松、活的清醒、活的快乐。

这个世间有些人疑心太大，私心太多，狭隘太重，这些心态一旦交织在一起，人心就变得复杂了，就会被那些复杂的心态所掌控，最怕的是人的精神被那些复杂的心态一旦捆绑住，从此肩背上的行囊不再轻松，就会活的很累。还有一些人，死要面子伪装自己给别人看，有装腔作势的、有装清高的、有装文化人的，全因为一个字"装"，往往活着更累。

说到底把一切事物看得简单点，活着就轻松了，就会给自己带来快乐，反之把一切事物看得复杂了，活着就累，就会痛心。

你想，在这个你争我抢尤为突出的时代，真正要活出最初的那份简单，真的不容易，反而要活出复杂的心态，这个纷纷扰扰的世界到处都是。所以，在这个薄情的世界里快乐的人少，痛心的人多。

谁都知道——人心越平和、慈悲、不惊不扰，就越会放下许多，这种至高心态的境界，是多少人想从这个纷扰复杂的世界里逃离出来，在这个世间渴望寻找一份心灵的安静，又是多少人想从这个喧嚣的世界里挣脱出来，在这个世间渴望拥有一份简单的深情。

"简单"两个字，看着简单，写着简单，读着也简单，但人生步履走到简单平和的境界，又谈何容易呢？是啊，这种简单的心境是多少人期待拥有的，又是多少人一生中都难于抵达的至高境界。

前天，我和一个朋友闲暇聊天时，他说："你的散文时常在报刊上发表，你有过以后出版个人散文集的想法吗？算是这些年对自己对文学执着的一个交代吧。"我假装不在意地说："我只想做一个简静写文字的人。"其实，这哪是我的心里话，一个真正的写作人，当你写到某个阶段的时候，你的梦想自然而然就滋生了。

有些日子里，我常问自己：当你有一天真正出版了自己的个人文集，又得到读者夸赞的时候，试想，你写作的心态是否会发生微妙的变化从而变得不再简单了呢？

佛说：人在岁月里行走最终都会简静下来。因为，你走过无数路，你阅过无数人，该懂的都看懂了，该放下的都放下了，学会删繁就简，才会内心慈悲，才会活得踏实。这个世间大智大慧的佛在你身边无处不在，一直在引领你，再删，就简，再简，心简单了，就安静了，就低调了，纵使你有那么一点成就感，这一切还重要吗？

是的，真的不重要了。

觉悟刹那间

看着深蓝色的天空有几颗稀疏的星子，我一个人沿着河畔漫步在长长的堤上向东走，并非往常在城街的千万人群中熙熙攘攘的那种走，只是悠闲地走。不觉间，我发现自己走到一个安静之处，忽然涌上一种不安的心情。因为，左侧堤下，是清明时一家人来过的地方，那堤下的墓地里有很多逝去生命的居所，我一个人似乎真正闯入了禁地，竟然来到一片坟地的边缘。

我知道，那里没有肉体，只有灵魂；那里没有形状，只有气息；那里没有生活，只有长眠；那里没有声音，只有尊重。在一棵老树的旁边，有一座安静朴实的老坟，坟上长满了茂盛的野草，有一位老人在茂盛的野草下面长眠了很多年，是我亲爱的外婆。

我的外婆是怎样的一个人呢？

遗憾！她没有留下一张照片。以往，我只能凭借着母亲讲一些外婆生前的音容笑貌去猜想。所以，我无法加以描绘她——对我来说不是具体的，对我来说是极其抽象的。

亲爱的外婆，我会受到你的惊吓吗？在夜里，在风里，在几点稀疏的星光下，我仿佛听到了外婆的声音，说："哦！你不要害怕，怎么会呢，我知道，你前天和你的家人都来看望过我。尽管你我从未谋面过，可是，我还知道，你是个重感情又会写文字的人。今晚，你无意间路过我的坟前，还能想起外婆，多暖，多亲呀。你不要害怕，我会静静地目送你，你在春天里去放心散步吧！"

仿佛这一句一答，只觉得外婆的声音瞬间走上了我的心头，抚摸着我，温暖着我，伴随着我春天的脚步向前延伸，延伸得很亲切，有温度，是春天里那种美好的温度，是持续的，一直持续地向前延伸着……

我以前在电影里看到过那样的场面，欧洲的墓地和公园一样，常常是人们傍晚散步的地方，甚至那些美好的恋人也会相约于此。而墓地在我们东方人的眼中，总是处在边缘化的地方，多了分孤苦与伶仃，少了分温情与眷顾，显得凄凉、颓败、落寞、黄沙、阴风的印象。

我在岸边的春风里温馨地走着走着，忽然想起一种物质——生命。

人从哇哇大哭落地，我们都要走过生命中的每个阶段，以前从哪里来，还要到哪里去，最终都要干干净净离开这个油腻的人间。所以，我们是早晚都会退出喧嚣的市井与时间的人，我们早晚都会拥有一处安静归宿的地方，那里是为我们保存一段人生过往的地方，那里也是人间离云霄最近的地方。记得中国乡土作家刘亮程说的一句话："死亡是温暖的，死和生不是隔着一层土，仿佛只是隔着一句话，一句聊天的闲话。"

我欣赏他以这样的方式对逝者温暖的描述，我所觉悟他所描述的死和生不是隔着一层土，仿佛只是隔着一句聊天的闲话，这句聊天的"闲话"，或是无言的沉默，或是深情的最忆。

我是美好三月天出生的人，而我最大的愿望是在某一年的春天里去世，多奇怪的想法。因为，我喜欢春天，我尤其是喜欢三月里的春天。

假若有一天，我在春天里离开了那个绿意盛大的世间，我会提前给你们说：无论什么样的日子，我的妻儿，家人，以及朋友来到我的墓地，那里没阴风，没哀草，没凄雨，没狰狞，没惊吓，只有温馨与回忆。那里一定会很美，有整片的绿荫，花草繁盛，颜色柔和，春赏海棠，夏赏粉荷，秋赏白菊，冬赏红梅，以及冬观残雪之美。

假若有一天，我在春天里退出了那个花枝春满的世间，我会提前给你们说：无论什么样的日子，看着你们的到来，我的灵魂在坟墓里会热情地飞出来，那是我思念你们最亲切的气息。那每一寸思念的气息在空气中，在你们身边都是温馨的气息，也是回忆我们曾经在一起的点点滴滴美好温馨的气息。

假若有一天，我在春天里告别了那个多彩生动的世间，我会提前给你们说：无论什么样的日子，看着你们的到来，你们定会目视在你眼前的墓碑上刻着我的名字，但你们一定要带着喜悦的笑容与热情的眼神。因为，那碑文上的名字也是用来回忆美好时光的，我还会在另外一个世界里边看边聊在写在唱……

我亲爱的家人和朋友，无论什么样的日子，看着你们的到来，我唯一能赠送给你们的，也只是从我的墓碑上取走一束鲜花，一枚落叶，一捧雪，还有我目送你们真挚不舍的眼神，还有我无言祝福你们无限眷恋的深情。

我会真心真情的，向你们鞠躬谢意！

假若我真有那么美好春季的一天。我知道，你们也知道，在我生前很多个寻常的日子里，我是那样的倾情于写作的一个人；我是那样的热爱世俗生活的一个人；我是那样的爱怀旧美好时光的一个人；我是那样的喜欢唱经典旧曲的一个人；我是那样的喜欢独自没有目的地去游历山水的一个人；我是那样的喜欢在安静柔和的灯光下，泡上一壶有光阴的普洱老茶，与三两知己常常真诚倾谈到深夜的一个人。

我喜欢"寻常"这两个字，是世间烟火下温暖朴实的生活，是人间的大美深情，也是人间最好的情谊。

　　有一天晚上，我和明儿闲聊说，哪天我老了，希望你能以这样的方式对待我，在我的墓地的一个小小的盒子里放上我过去写过的书。因为书中那一篇篇有着温度且烫人深情的文字，有我曾经唯美的内心散出的人间情谊的光泽，有我曾经在自己的精神的庭院里散步、喝茶、唱歌、聊天、读书、写字、看星光朗月、听风听雨听雪、听流水潺潺的身影，有我曾经热爱这个美好的世间的态度与温暖过我的人。哪天我老了，希望你能以这样的方式纪念我，在我的碑文上面刻上我这篇散文中的一段话："我亲爱的家人和朋友，无论什么样的日子，看着你们的到来，我唯一能赠送给你们的，也只是从我的墓碑上取走一束鲜花，一枚落叶，一捧雪，还有我目送你们真挚不舍的眼神，还有我无言祝福你们无限眷恋的深情。我会真心真情的，向你们鞠躬谢意！"

　　在那晚闪亮的灯光下，明儿看着我，是那样的真心与温暖。我看着他，是那样的深情与满足。

　　今晚，我突然想起这么多的奇思妙想，是生者在逝者面前刹那销魂觉悟一瞬间，是自己的内心一直盘踞着对这个世间的一往情深。没有办法啊！我的灵魂与肉体在这个世间——我爱这个世间有着美好心灵情谊的人，万物风情，有趣的时光，欢笑，美好，感动，慈悲，以及深情与潮湿。

　　是啊，生者在逝者面前刹那销魂觉悟间，是发自内心最深处的温暖的话语，是销魂觉悟的出口。我把它们一一挥洒在纸上，我指挥它们在深夜里如此深情，又如同一朵朵盛开的闪亮的花儿在春风里跳舞一般。在我将要收笔的刹那，再次看着它们隆重而盛大的绽放着却又欢快地跳着——让人眷恋不舍。

　　这个世间一切的美好，总让人恋恋不舍。因为，有一个热情良善的生命，他时常散步在河畔长长的堤上，爱思考，爱冥想，爱生活，深情地爱着这个美好的世间与你们。重要的是,你们让他在寻常的日子里——怀着美好的愿景深情地活着,珍惜每一天每一时每一刻觉悟刹那间的意义。

再次感谢!这个世间一切美好的风物,与我身边那些美好光泽的人们。

我始终都爱你们。

相遇与分别，有恰当温暖的孤独

午夜凌晨，当我跨过新年门槛界线的那一刻，飞去的流年却没有和我一样越过这条无形的界线，它仿佛停留在旧光阴的长河里永远年轻，它仿佛又停留在旧光阴的风中已经老去。

一到这个时候，抬头看到镜子里的自己，忽然发现活着活着原来的自己有点陌生，不像自己的时候，那是你又成长了一岁，你又成熟了一点，你身后的风月又增厚了一些。不自觉地感慨！时间过得真快，就像卤水点豆腐，一刹那，一转身，流年就这样过去了，就像人一样，一旦过了中年以后，就好似那个没有了闸门的滑车，一下子就快冲到了谷底，想拦都拦不住。

也正是这个时候，窗外的空气中充满了新年的味道，我总是惆怅着已到来的隆重的一刻，我也总会莫名地生出一些难以言说的情绪。但一回头，看窗外呼啸的寒风吹着新旧交缠神秘时光的气息，有远去老味的往事，也有远去的往事里那些细碎的香……

你说流年，在那些又老又香又有味儿的往事中，最不能忘记的，是你让我去了中国西南部的一个小镇，是你把那里最迷人的风情介绍给了我，也是你让我去到了我想去的一个远方。春天里的小镇，有一条婉约清碧的河流，有安静的街巷，有陌生美好的人群，有自己恰当的孤独。那些属于自己恰当的孤独，像小镇的春风一样在我身边温暖着蔓延着——是小喜的孤独，是静好的孤独，是不高不低孤独的温度，悠悠自在，有那颗自由孤独的灵魂陪伴，也是你让我在那一方水上小镇，度过了几日春风明媚的光阴。

有时想想就很好，是一种恰当温暖的孤独。

你说流年，我为什么喜欢那样的孤独？就像秋天的路旁独自开放的一朵白菊、冬天的一枝残荷、雪天的一枝傲梅、旷野里浩大的沉默……你说流年，如若没有那样的孤独，是不是像一枚黄叶在风中飘零的那样的单薄，没有了一棵大树力量的支撑，没有了一往青绿的向上，更没有了内心的青绿山水。

我总认为，如果人的内心没有那种恰当温暖的孤独，在你独自去远方的路途中，在你和远方相遇的几天的光阴，怎能有力量耐得住寂寞呢？

流年呀，流年，一到春天，我喜欢与另外一个自己的灵魂去流浪去私奔。那种流浪、私奔，是多好多美的状态。那种自由美好的状态，也是你给了我几度悠闲的时光，也许那几度悠闲的时光，爱上的都是一个时光流浪的身影。那个流浪的身影，不过是自己与自己私奔的倒影与流年，不过是自己与自己在流年里的那些老味与细碎香的往事……

在新的年上，回头再看，那些流年的往事，是随着日日夜夜已经过去了，包括一眨眼，一盏灯，一朵花，一个梦。包括乐一乐，痛一痛，疼一疼，包括深一脚浅一脚，包括所有的光阴，包括所有美好的人与好的事终究都过去了。

你觉得它们都走了吗？

不，在新的一年里，我还要一天天撩开你所有的面纱与神秘，像翻开一本精致线装的新书，念你、读你，与你真情对视，再次倾听你亲切的声音，再次倾听你深情的呼唤……是你我相遇时的又惊又喜，是你我看每一个星辰的欢畅，陪伴，慈悲，成长，刹那的颤抖、跳动的怦然，还有比一天云锦还要美的刹那的明眸，粲然一笑的魂飞魄散。爱每一天每一时每一分，恰好遇见你，恰好彼此照见，没有惊天动地，只有不能忘记的似水流年。

流年呀，流年，你给我的一切全在我心里，并且那一幕幕恰好的光阴从来没有离开过我的心，从来没有。

你说流年，还有谁能记得这些？唯有相遇与分别的时光记得，唯有春天的那一树樱花，夏天的那一塘荷，秋天的那一盆菊，冬天的那一枝梅，山西的蓝天，粉色的江南，西塘，断桥，孤山，寒山寺，那一方水上小镇都记得。我们需要彼此记得，请让我继续保持在以往的似水流年里，不虚度每一天，热情地活，长情地活，深深地爱，这也是我许自己新的一年好的时光。

新年试笔，语句全在我心上，涌得满满的。

深夜，我越写越轻松，不刻意啊，不造作啊，像打磨光阴一样的写，像在流年的岁月里步步修行一样的写。那些老味细碎香的往事的气息，全荡漾在这篇文字里，久久不散。而我心里，也全是一片又老又香又有味儿往事的气息，也久久不散。流年呀，流年，这久久不散的气息，是我告别你最眷恋的时刻，因了这个时刻，我总能写出这样的笔笔句句，是我对流年最深情最敬重的印记。

我喜欢这样自由浪漫的表述——是对这个流年光阴最好的回眸，也是对你，对我，对所有人们在最难忘的流年里最柔软绵长的记忆。然后再配上我想要的与文字相适合恰好意境光彩夺目的图片，我再次敬意地向那些老味细碎香的往事一一作别。

流年呀，流年，你慢慢走，你慢慢走吧。

是啊，我们一生都在深情地重复着相遇与分别，此刻，有恰当温暖的孤独。

后记

写作人

我见过台湾作家三毛的一张黑白照片,她穿着粗布的衣衫、发旧的牛仔裤,背着一把木吉他去远方。她去的江南小镇,她去的撒哈拉沙漠,她浪迹天涯游历的足迹,是那样地吸引着我。常常想着,三毛活着的时候真好,不被人约束,她想到哪里就到哪里,那里就是她的家。她走遍万水千山,像风一样的自由自在,内心清透无比,总让我羡慕不已。

我从白衣少年到现在都梦想做她那样的写作人,无拘无束,清静安然,很轻松,很自由,心中有山水有远意。

写作人——这三个字像穿着一身休闲服,很随意,很舒服,很生活化,仿佛又像和一个多年的知己,围一炉红泥小火,品一壶普洱老茶,看夜空,说夜话,说干净朴实的日常;说人间的烟火气,是活着的美好与温暖;说美好的文字带给我们精神明亮的力量,是支撑那些没有光泽暗淡的光阴,忽然亦对知己又想品三盏两杯淡酒,能饮一杯否?

我们平时吃饭的方式很多,或单独一人,或和一个知心的朋友,或和家人聚在一起,有人吃的是味道,有人吃的是快乐,有人吃的是情调。

如果拿吃饭与我的笔调相比，我写的大多是发生在身边的好的人和美的事，与这个万变的世界息息相关的他们。

我喜欢写有故事情节的叙述散文，那些都是我经历的往事，能让你珍惜当下的时间，能让你清晰地回忆过去，能让你感悟人生的百味，能让你有浓浓的眷恋和蜜意。可我毫不掩饰地说，我的散文有深情的时光，有忧郁的光阴，有恰当的孤独。正因为如此，一个人如果行走在某个阶段，心中装有世间烦愁，为什么不可以用文字来描绘内心的感受呢？一个人如果行走在某个时候，心中装有光阴深情，为什么不可以用文字来触摸内心的流动呢？

有人说，我的文字细腻、唯美、灵动、优雅、真实，却不了解我的文风格局是怎样形成的。

我亲爱的朋友，让我怎样回答你呢？

我仅仅能给你说：你接触什么样的人，你看什么样的书，你有什么样的经历和心情，你就能写出什么样的文字。我在光阴里被文字滋养着，自然而然就形成了自己的文风格局。

朋友，我只有这样简单地回答你了。

写作的时间，我最反感有电话打进来，或者有人在你身边来回地晃动着，这不是写作。因为那个时间需要把自己完全封闭在书屋里，静下来，沉下去，一直沉下去。所以，我大多选择在黑夜，即便在白日也要拉严帘窗开着台灯，不知白日黑夜地写。有时，我在卫生间里写，躺在床边写，甚至在梦中写。当写一篇自认为满意的作品时，那个时候好似有一个可爱的小精灵，忽然会飞到你的肩上，飞到你的桌前，和你耳语，和你对视，和你微笑，那一刻被它簇拥着，有温馨的美意，很快乐。

我喜欢这样的写作方式，能让你沉浸在一段文字的情节中，忘记吃饭，忘记自我。停笔下来，在吃饭的过程中感觉吃的不只是饭菜的味道，还有文字香。

在这个纷扰薄情的世间，有时压力过大，有时人与人对话太难，我便在文字里寻找温暖，寻找依傍，寻找结果。那个时间——总会滋生出很多自我的私人情怀，因为那个时间能把内心深处的东西完全地给呈现出来。比如，浪漫与青春、炽热与光芒、潮湿与蜜意、烟花与清凉。那一个个从内心跳跃出来的私人情怀几乎被我独享独占，也因此我霸占了好多大段大段写作的好时光。落笔后，它们很快就会过去，消散。因为，我知道走出屋外的生活还得继续，可我对文字的偏爱与执着，甚至到了对它溺爱的程度，即便走出屋外，我每时每分每秒对它总是念念不忘。

我知道念念不忘的情怀，是我写作的好时光。我相信写作的好时光对我亦是念念不忘。

我不知道从什么时候开始喜欢不安、动荡、欢畅、美意、情深这几个词。总感觉这几个生动的词，在深夜里能抓住我，照亮我，温暖我，让我躲不开，逃不过。有多少个这样的深夜——为它笑过欢过，为它哭过疼过。我承认正是这几个饱满生动的词汇"迷惑"了不少读者，但我一直认为这种"迷惑"是真诚的，是发自内心的，因为这种"迷惑"潜藏着我的乐观，我的向上，我的梦想，以及我对生活热爱的态度，而我一直认为这种态度，是我内心最本真的表述，毕竟人与人之间最打动人心的就是真诚。

亲爱的朋友，你们说是吗？

我一直在持续不断地书写着从春到冬的文字，只有彼此心灵相通的人，才能看见我的内心深处对四季的深情，而我始终相信在这个世间，一定会有感受到自己的人，那些人未必是你最贴近的人，可能是千万人群中的任何人，他们迟早会照见我，感受我，懂得我。所以，我一直在文字里寻找彼此心灵相通的人，寻找彼此心怀饱满又深情的人，寻找彼此心中装有天地大美有光泽的人。那些可爱的人，我分明在文字里找到了，找到了温暖，感受，深情，懂得，慈悲，与你们最美的照见，也是我与文字最好的遇见。

从此会因你我彼此照见，你我彼此遇见，不离不弃，我会倍感珍惜。

那是最美的照见，也是遇见最好的时光。那是我在无数个白日与深夜用真情真义赴了四季深情的书写，让很多人一起见证了我精神唯美的庭院里，有人间的欢喜和蜜意，有红尘的惆怅和眼泪，有世间的寂静和禅意，有无数来了再来像春天一般浩大无比绵长的深情，还有像秋风一样坦荡优雅的时光。

九年的写作光阴，我无可否认正是与它最好的遇见在改变我，一直在改变我。我更无可否认在我最迷失最孤独最彷徨的时候，是它一直在陪伴我，给我温暖，给我慈悲，给我精神向上的力量。不知有多少个白日与黑夜，是它，不露声色，像风一样地扑向了我，再一步一步地靠近我，贴近我，亲近我，不厌其烦地倾听我。我再一次次靠近它，贴近它，亲近它，哪怕向它低头，把头低到尘埃里我也愿意。因为，它是我一生不能忘记的知己，也是我一世不能忘记的最私密的情人，也是我终生无法停息跳跃成纸上弹拨的心音，一直在缠绕我，袭击我，泛滥我，让我很满足，使我一生多了一味文字的幽香。而我最为感怀心动的，也是它让我怀着对山水光阴深情地活着，长情地活着，也是它让我外表文气，沉静，不想说话，而内心绚烂，甚至疯狂。

是啊，很多次的深夜，你我彼此看着对方，快乐呀，情深呀，不安呀。你我彼此分开时，惆怅呀，孤独呀，寂寞呀，就像掉眼泪。

有好多读者朋友给我留言称呼我为"作家"。我很高兴，为什么高兴呢？因为你本不是作家叫你作家的时候，有一种虚荣心会让你欣慰。可我分明知道自己的笔墨很渺小，我只是一个平凡朴实的写作人。但你若要想做一个真正的写作人，那么，我相信，在以后写作的光阴里定会陷入更深的寂寞、孤独、不安之中，而我总觉得自己似乎已经陷入了。

我一直认为一个真正的写作人都会有孤独不安且丰富的内心。所以，你的内心越深情越是孤独与不安。孤独、不安、深情，我相信这些词汇会接纳一切有丰富灵魂的写作人。我一生一世都喜欢这种恰好的孤独、不安、动荡、欢畅、深情、跳动饱满的内心，它属于我，我也属于它，这些反而让我在不断持续写作的时光里还要不断地修行。

　　这一切我想说的：因为，我只想做一个真正的写作人。

提高现代文阅读和写作成绩的金钥匙

云海作品
阅读试题详析详解

暖

午后,我刚走进南院,就看到娘在冬季的石榴树下看着我说:"你这个时候回来,中午饭吃了没有?"娘将近八十岁的高龄了,她说话的声音没有以前那样爽朗了。我及时回应着说:"在外吃过了。"娘看着我再问,"你说啥?"我随即走近娘的身旁提高声音重复着:"我和几个朋友在外吃过了。"

我看着娘的嘴角泛着细细的皱纹和笑意,这时,我心中荡起一种暖意。

我拥随着娘一起走进房屋。进屋后,只见桌椅上有零乱的报纸,我随便拿起几份坐在有微微火苗的炉边,翻看着。娘看着我说:"这些天没有看到《周口晚报》登载你的文章。""哦!你每天都看报纸呀，字那么小，能看得清楚吗？"这时，我听到里屋有鞋子在地上拖沓慢缓的步声，那是父亲从卧室里走近客厅的声音，也是我熟悉的声音。

父亲说："这些天电视新闻都在说日本购买钓鱼岛的闹剧，促使中日关系很紧张，你娘听不见电视机的声音，她几乎每天都在读报纸关心钓鱼岛的事。"

今天和父母聚在一起聊聊国家大事，再谈谈家常和工作，是温暖幸福的。

炉边，我和娘翻看一本发黄的旧影集——忽然在众多的光影岁月里看到她年轻时的一张黑白照片，闪亮的眼睛，洁白的牙齿，花一样的笑颜，扎着那个时代绸缎般乌黑乌黑柔软的辫子，真漂亮。光阴岁月——这是娘青春绮丽时留下的光影的印记。

我把母亲青春时代的这张黑白照片，一直珍藏在家中，而我每次看到都有不同感触的暖意。

娘看着我说："那年怀你的时候，我还在上班，突然肚子疼得要命，到医院生你的时候，是难产，你折腾了两天后，才哇的一声落了地。真快，一晃几十年就过去了。老了，总想和你们絮叨一些往事，说起往事啊，就想掉眼泪。"那会我恍然明白了娘的辛苦和娘对我们无我的爱与潮湿的眼泪。

冬日的午后，在炉边挨着娘说会话，守着娘说一些过往，再看娘看我的笑容，感觉特别的幸福。

屋外，那光秃秃的树枝来回地摇动着，再萧瑟的风，再冷的天，我握着娘的手，心都会贴着娘的温度特别的暖。记得有的时候，我午休睡在娘的脚头小憩一会，就如同我小时候睡在娘的身旁都是温馨香甜的。好多次在梦中，我看到一个孩童的身影，那个身影是我吗？是我，就是我童年时代的身影拽着娘的手，前后跟着娘半步都不愿意离开，快乐着，幸福着，温暖着。

我愿意一直守着娘，睡在娘的脚头，有娘在身边，我永远就是一个快乐幸福长不大的孩子。

天色将晚。

娘说："你在家吃晚饭吧，我给你做几个可口的饭菜，是你爱吃的。"我回应着说："好的。"

娘看着我又开心地笑了。

今晚，我多想贴着娘的肩膀再坐上一会，因为那瘦弱的肩膀能传递给你很多温暖和幸福；我多想再抚摸一下娘的那双永远温暖的手，因为那种温暖能让你感触到是一种生命的循环。灯影下，我看着娘清瘦的身影，突然感慨起来！我和娘相伴四十多年了，我长大了，娘老了，娘还能陪伴儿女多久呢？见一次少一次啦，不是吗？想着想着，忽然眼眶溢满了泪水。

我每次临走时，娘总会说："儿啊，注意安全，外边这么冷，回家早点啊！"我每次听到娘这样给我说，刹那内心涌满了全是爱的暖意。

这种暖意，是家的味道，是娘的味道，是娘对我慈爱的味道，也是我一生一世不能忘记母子深情贴心贴肺的味道。

我爱这种味道，就是人间母子情深的暖意。

1. 文章是通过哪些片段，来写与娘在一起时感到的暖意和幸福的？请做简要的概括。
2. 请你谈谈，文章以"暖意"为题，有什么好处。
3. 请以"母爱"为主题，仿照下面的句子，续写两个句子。

母爱是一团火,点燃你奋斗的激情;_____。母爱是一生相伴的盈盈笑语;_____。母爱是儿女病榻前的关切焦灼;_____。

4. 你一定也有跟母亲独处的温馨画面,请用生动的语言将这个画面描写下来。不少于80字。

参考答案:

1.(1)看着娘的嘴角泛着细细的皱纹和笑意,感到暖意。(2)跟娘拉家常、谈国事是幸福的。(3)看娘年轻时的照片时是暖意的(4)睡在娘的身边,守着娘是幸福的(5)听娘的叮咛,是幸福的。(能答出四点即可)

2. 充当文章的线索,引起读者的阅读兴趣,揭示文章的主题。让人在文字中感受到母爱的暖意融融。

3. 母爱是一盆水,浇灭你骄傲的火焰;母爱是漂泊天涯的缕缕思念;母爱是儿女成长的殷殷期盼。

4. 答案要点:要突出"温馨"主题,描写要力求生动,要有画面感,要不少于80字即可。

简单与复杂

每个正常人的特性大概有两种,要么聪明,要么愚笨;每个正常人的做事大概也是有两种,要么简单,要么复杂。

作家马德说:"小的时候简单,长大了复杂;穷的时候简单,变阔了复杂；落魄的时候简单，得势了复杂；君子简单，小人复杂；看自己简单，看别人复杂。"

其实，每个人自出生之日起，最初的内心世界都是极其简单的，只是在成长过程中，看到纷扰世间利益分配的那一天，明白了什么是得失，看懂红尘世间离合聚散的那一刻，心中便有了爱恨。于是，那份简单的心，就不再简单了，这是成长的烦恼。如果人们都能保持原始的那份简单的初心，彼此至诚至爱相待对方，你想，那么人人都平和了，快乐了，宁静了，这个绮丽复杂的世界也变得平和了，快乐了，宁静了，这个世间与我们应该是多么的美好。这只是我对这个世间的一种美好的愿景，因为，这个世间有权势，就有扰攘；有利益，就有纷争；有红尘，就有薄情。

有的时候，我们总会面对一些相对复杂的事，把复杂的事要看得相对简单点，看似这条路走不通，退一步，就能找到行得通的路。所以，把复杂的事变成相对简单的过程，这需要心态的宽阔与智慧。

生活中，我们总会遇到一些相对棘手的人，这需要艺术的心态去把握，因为棘手的人会有一把纠结的心锁，愚笨的人总是打不开，而智慧的人，能与生命讲和，能与生活妥协，能与自然握手言欢，便能找到一条通往心灵的钥匙，与对方方便，就是与己方便，才能打开另外一扇心灵的窗户，人与人才能和睦相处。所以，只要把人做好了，不会与它为敌，不会与它反戈，与它，才能化干戈为玉帛，在那玉帛上，写着四个有光泽的字：大智大慧。这样大智大慧的人都有一颗包容豁达的心态，他们往往活的自在、活的轻松、活的清醒、活的快乐。

这个世间有些人疑心太大，私心太多，狭隘太重，这些心态一旦交织在一起，人心就变得复杂了，就会被那些复杂的心态所掌控，最怕的是人的精神被那些复杂的心态一旦捆绑住，从此肩背上的行囊不再轻松，就会活得很累。还有一些人，死要面子伪装自己给别人看，有装腔作势的、有装清高的、有装文化人的，全因为一个字"装"，往往活着更累。

　　说到底把一切事物看得简单点，活着就轻松了，就会给自己带来快乐，反之把一切事物看得复杂了，活着就累，就会痛心。

　　你想，在这个你争我抢尤为突出的时代，真正要活出最初的那份简单，真的不容易，反而要活出复杂的心态，这个纷纷扰扰的世界到处都是。所以，在这个薄情的世界里快乐的人少，痛心的人多。

　　谁都知道——人心越平和、慈悲、不惊不扰，就越会放下许多，这种至高心态的境界，是多少人想从这个纷扰复杂的世界里逃离出来，在这个世间渴望寻找一份心灵的安静，又是多少人想从这个喧嚣的世界里挣脱出来，在这个世间渴望拥有一份简单的深情。

　　"简单"两个字，看着简单，写着简单，读着也简单，但人生步履走到简单平和的境界，又谈何容易呢？是啊，这种简单的心境是多少人期待拥有的，又是多少人一生中都难于抵达的至高境界。

　　前天，我和一个朋友闲暇聊天时，他说："你的散文时常在报刊上发表，你有过以后出版个人散文集的想法吗？算是这些年对自己对文学执着的一个交代吧。"我假装不在意地说："我只想做一个简静写文字的人。"其实，这哪是我的心里话，一个真正的写作人，当你写到某个阶段的时候，你的梦想自然而然就滋生了。

有些日子里，我常问自己：当你有一天真正出版了自己的个人文集，又得到读者夸赞的时候，试想，你写作的心态是否会发生微妙的变化从而变得不再简单了呢？

佛说：人在岁月里行走最终都会简静下来。因为，你走过无数路，你阅过无数人，该懂的都看懂了，该放下的都放下了，学会删繁就简，才会内心慈悲，才会活得踏实。这个世间大智大慧的佛在你身边无处不在，一直在引领你，再删，就简，再简，心简单了，就安静了，就低调了，纵使你有那么一点成就感，这一切还重要吗？

是的，真的不重要了。

1. 本文的中心论点是什么？
2. 文章引用作家马德的话有什么作用？
3. 文章画线的句子运用了什么论证方法，有什么作用？
4. 读了文章以后，你是愿意做一个简单的人，还是做一个复杂的人？为什么？请说出你的理由，不少于80字。

参考答案：

1. 把一切事物看得简单点，活着就轻松了，就会给自己带来快乐，反之把一切事物看得复杂了，活着就累，就会痛心。
2. 充当文章的道理论据。
3. 运用了举例论证，举了人心复杂的人，伪装自己的人的例子，证明了人心复杂，人活着就会累的观点，增强了文章的说服力。

4．示例：我愿意做一个简单的人，因为这样会获得快乐，幸福指数就会高。一个人，只有内心简单，清澈如水，就不会勾心斗角，就不会斤斤计较。心境平和，就会宠辱不惊，就会获得轻松，而不会被外界所扰，专注于自己喜欢的事，就会赢得更多的快乐。

我想飞

三月里的风吹在脸上，感觉都是痒痒的，是性感妖冶的样子，有种说不出口的味道和迷离，还有些羞意，就是春风。

羞意的春风，总是那么恰恰好温暖地吻了我，像你。不，就是你。

春天也像我少时的青春。所以，我年年这个时候欲惜春，而春天总会刹那绝情而去。可是，你再短暂再绝情，每一天每一时在我眼里我心里都记得你美好羞意的样子，还是异常的生动无比。

我走在三月明媚的春天里，有无限温暖，有无限美意。仿佛温暖和美意就是一夜之间，其实就是一夜之间，春风吹得全是新绿植物抽芽的声音，全是一粒粒花苞刹那初开时性感的妙音，一切没有了想象，没有了神秘，什么都绿了，什么都开了。

深夜里——我怀着一颗春天的心，不能不想，不能不听，又娇又柔，挥之不去，仿佛划过春夜里的那些不安、浓烈、湿润、战栗，一夜之间跟着温煦的春风全都来了，全是春天醒来的气息。

春天醒来的气息，是一种温暖人心无比妙意且神奇入骨的东西。

春天一来，这种气息总是迫不及待地与你如影随形，忽而会出没在你的春夜里，转眼能把人心紧紧裹住包绕。我无力抗拒这庞大的春夜里持续地扑上来，再扑上来的那种无比妙意且神奇的气息——就像一个新鲜饱满的橙子，仿佛咬上一口，能流出很多春天的汁液来，全是春天的味道，有不动声色清爽的酥软，有酸甜的绵声凛凛，仿佛全溢满了耳朵，耳朵里有没有熟悉的酥软、凛凛与娇媚的步声呢？

有，这注定是春天里的一种无比妙意的气息与神奇。

如果有人问，你就说，这无比妙意的气息与神奇，它从多水的江南缓缓而来，还有很多在初春夜的空气中不断持续地飘来。她不顾一切提示着春天的到来，一种温暖人心气息的存在，还有不动声色清爽的酥软，还有酸甜的绵声凛凛，这些都像春夜里的想念与忧伤。春夜里的想念与忧伤，它无时无刻都在繁殖，分分秒秒都在延伸，铺天盖地而来，是庞大无形的远意，是每个明媚春意的形状，没完没了的扑过来——在温馨的春夜里似乎能把整个人给吞噬了，兴奋在里面，欢快在里面，呼吸急促在里面。

我喜欢与明媚的春天面对笑意，我喜欢羞意的春风扑上我的脸，吻上我的唇，我亦喜欢在春夜里与妙意且神奇入骨的气息面对面倾诉倾谈。那个时候，内心装着清幽和深情，内心装着柔软和蜜意，内心装着这个浩大轰轰烈烈的春天——全是一个人。这个人，就是一只自由自在飞翔的小春鸟，在空中飞，在桃花依旧笑春风里飞，在山间的绿树丛林里飞，在飞过我的窗前，在飞到我的头顶上久久盘旋。在阳光下，在春风里把自由自在飞翔的身姿都染成五颜六色春天般的样子，她快乐温暖地以自己的方式活在春天的世界里，神采飞扬，气场强大，永不停歇，飞啊飞，飞啊飞，她就是春天。

我沏上一杯春天里的小绿茶，这样一想，忽然眼神里飘出一只五颜六色的小春鸟，亲昵呀，可爱呀，她从花开绿意的江南不远万里一路飞来，再欢快地朝向万物开启，朝向万物深情地飞向了北方的春天。

怎能忘记，我去年用心把她派往江南，我今年用文字再把她派回江北，飞翔在我的身边，飞翔在我的书屋里，一屋子里刹那全是金子般明媚的春光啊，香水薄荷，白玉兰，还有窗外的樱花全都不要命的开啦。此刻，我急切地想和她一样自由自在地再次飞出窗外，在浩大美意的春天里一直飞翔，与她一样再从江北飞往江南。

我想飞。

我真的想和她一起飞。

你看，我只是和她飞翔的方式不同——我用心在和她一起飞，我用文字在和她一起飞，我用一双隐形的翅膀在和她一起飞。

多美多绿多好的春天啊，我要和她一起比翼双飞。

1. 本文是一篇感情饱满、情意绵绵的抒情散文。作者用深情的笔调把春当人来写，用了大量拟人的修辞手法，请举一例，并分析其作用。

2. 作者说，春天有一种"无比妙意的气息与神奇"，请从文章中找出这无比妙意的气息和神奇具体指什么?

3. 你一定读过许多有关春的古诗词,请你写出连续的两句。

4. 春日融融,春光明媚,鸟语花香,莺歌燕舞,生机勃勃的春,是希望,是开始。当春天来到你所在的校园时,一定会有它独特的气质,请你描写一段你所在学校的春景。要求:语言生动,不少于100字,至少使用两种修辞。

参考答案:

1. 例如,"春天一来,它总是迫不及待地与你如影随形,忽而会出没在你的春夜里,转眼能把人心紧紧裹住包绕"运用了拟人的修辞,把春天润物无声的特点形象生动地写出来了,表达了作者对春天的喜爱之情。(分析能扣住拟人修辞的作用,且能扣住文章分析即可。)

2. 不动声色清爽的酥软,酸甜的绵声凛凛,夜里生出的像春一样的想念与忧伤。

3. 只要是写春天,且为连续的两句即可。

4. 符合条件,根据文采给分。

鱼的眼泪

傍晚,我从外地回到家。

明儿说:"爸爸,你走后没几天,有五条小鱼儿一个个都死了。你看,只剩下一条鱼了,也不知道为啥,是不是那几天太热呢?"

是吗？我反问。

刹那我茫然了起来，想起与它们在一起相伴快乐的小时光，仿佛一下子在水里沉沦了、淹没了。

今晚灯光照进来，投射在水里，照在这条洁白的鱼的身姿上，更使它显得格外孤独，它孤独地游着，就那样孤独地游着。那孤独的气息在水中游过的曲线，是寂静的，是冷艳的，是唯美的。它就以这样的方式把所有的孤独都深深地藏在水里，包括冷艳和唯美，包括寂寞的心思。

我越是这样安静地看着它，越是感觉它整个洁白冷艳的身姿都散发着孤独的气息。

是啊，孤独的气息是有体积的，它以很快的速度，每一秒每一分都在繁殖——你以为它走了，它却无时无刻不在。鱼在小小的空间里无形的萦绕着你，深情地释放着自己的悲和喜，全是它吐出的泡泡，一个挨一个，一个接一个露出水面，仿佛流淌着一串串孤独的眼泪，是干净晶莹的，又凉又颇。

你看，它孤独地游过来，刹那能让你整个人心仿佛都被它干净的眼泪给裹住了，感觉能生生把人的魂儿吸进水底。

灯下，我翻看着萧红的文章，书中的文字整齐排列在一起都散发着孤独的凉意，句句血泪，字字真情。她不臣服于命运的安排——她怀着孩子，逃了出来，等待着萧军来搭救她。她四面楚歌，却很坚强。读萧红的文字，揪人心魂，就像这条鱼似的。鱼的眼泪，有孤独的美感——它独自承受着悲与欢，就像人一样，我们穷尽一生，不过也是追求人间的真情永恒。

今晚，很奇怪，忽然生出一种奇妙的情怀，是那种必要与那一串串眼泪缠绵交集的情怀。来！亲爱的孤独，来！亲爱的眼泪，来！让我抱紧你，是你让人知道了孤独的眼泪，是饱满的、是唯美的、是坚强的，也是你让人看到了这一串串眼泪里面都装着优雅的孤独与情深。我知道孤独也是人类的本质，没有哪个人说我不孤独。可是，今晚是你教会了人高雅的孤独，是你教会了人不辜负此生有价值的孤独。

夜晚，仍然是闷热。

我一个人独自走在街边散步。忽然，天空下起了雨，那大颗大颗的雨滴像鱼的眼泪似的游到了我的心里，缠绵于内心深处。内心孤独似鱼。而雨滴似鱼的的眼泪，也映衬着自己内心的孤独。

我在想，人是一条终生游在无间的鱼。我们活着所历经的种种孤独和劫难，无论悲喜、屈辱、不安、误解，都必须要学会像鱼一样保持孤独唯美的格调，必须学会像鱼一样在流着眼泪的状态下，依然保持孤独高雅的沉默。保持孤独唯美的格调，保持孤独高雅的沉默，那需要在日常的生活中修炼内在的定力。犹如一朵小花，花开花落，是最自然不过的事了。花一定知道，只要修炼自己，哪怕是在卑微的尘埃里也能成禅、成花，成为一朵与众不同最美的花。

雨中，我燃上一支烟，一个人独自享受着优雅的孤独。有风，有树影陪伴。有雨，似鱼的眼泪滴在心里，多高雅沉默的孤独呀。

我在雨中保持沉默，不发一言，而内心边走边唱："在雨中身旁有树影，大街上小巷中到处雨蒙蒙……"

雨中，内心孤独似鱼。

而雨滴似鱼的眼泪，又映衬着自己静养静心不辜负人生价值优雅的孤独。

1. 鱼是水中自由游弋的精灵，我们只感受到了它的快乐。然而作者却看到了鱼的眼泪，这是为什么？请按照你的理解回答。

2. 作者说"孤独的气息是有体积的，它以很快的速度，每一秒每一分都在繁殖"，你有过这样的体验吗？你又是怎样排遣孤独的？

3. 文章的语言很有特色，运用了哪些修辞手法？请举一例做具体分析。

4. 作者在文中说萧红是孤独的，其实每一位作家都是孤独的，请你举一例来谈一谈他或者她的孤独。

参考答案：

1. 作者是把鱼当人写了，鱼和人其实是一样的，都有悲伤，都要宣泄。正是作者对孤独有着刻骨的体会，才能感受到鱼的孤独，才会看到鱼的眼泪。

2. 有过。孤独时转移目标，或读书，或散步，或找朋友聊天，或跟爸妈倾诉，或者写日记等。

3. 运用了拟人、比喻、排比。如"犹如一朵小花，花开花落，是最自然不过的事了"把孤独比作小花，形象生动地写出了孤独，关键要与众不同，如"是寂静的，是冷艳的，是唯美的"运用排比的修辞，把无形的孤独气息，写得有形，增加了文章的气势，如"更使它显得格外孤独，它孤独地游着"运用了拟人的修辞，把鱼当人来写，有着人一样的悲伤和孤独。

4．示例：贝多芬是孤独的。静静的月夜，双目失明，默默一个人，沉静在他的孤独里，陷在他的音乐世界里，在孤独里，不断地弹琴，终于写出了旷世之作《命运交响曲》。

慢下来的光阴

今天家中只有我一个人，看冬日阳光从窗外照进来暖暖的，懒洋洋的。我坐在布包的沙发上，小桌上有泡好的暖胃红茶，就这样在寻常的日子，我翻开作家李娟的书《品尝时光的味道》，这会儿心情愉悦地走进了作者用朴实而优美的语言构筑的书中。

我读到书中的第一篇文章《一个人的丽江》就被作者淡定的文字气场给吸引住了。她在文中这样写道："我来这里，是因为太渴望一些东西，听说来这里可以放下，可以安静，可以心安。"看似一句简单的话，当我读完整篇文章后，便感慨这样的文字气场啊！就好似人的气质，看上一眼就喜欢。

我一直还有这样的感觉，读一篇文章的开头，如若能吸引眼球，那下面的文字就不用说了，定会文气逼人。我一连阅读十几篇她的散文，越往下细细地品读，越感觉文风朴实典雅，蕴含大美，似春风的饱满、似溪水的欢畅、似阳光的温暖、似月光的朦胧！

这本书中，有游历的时光，有爱情的惆怅，有亲情和友情的温暖。其中，她在《妹妹的笔记本》一文中写道："在泪光里，我看见了你，在磨难中长大的妹妹，我月亮一般的妹妹。你像一只荆棘鸟,每一步行走都是疼痛和鲜血,每一步行走都忍着苦痛和泪水,可是,你从来没有放弃希望,放弃对生活的信念。"我读到这段话时,内心忽然一下被触动了,似乎看到了自己某年的身影,有寂寞、有疼痛、有眼泪。

她在另一篇文章《慢》中有这样的描述:

"在苏州的山塘街,我遇见一位卖茉莉花的老婆婆。她坐在街角的小木凳上,身旁放着小竹篮,竹篮里盛满洁白的茉莉花。她低着花白的头,苍老干枯的手指,轻轻捻起那些小茉莉。雪白的茉莉,淡然、羞涩、洁净,如待字闺中的少女。她将一根细铁丝从花蒂中穿过,不一会儿,一串茉莉花就穿好了。她缓慢的举止,满头的银发,慈祥的模样,那么像我的祖母。我蹲在她身旁静静看着,茉莉如一群身着白衣的小姑娘排着队,牵手站在一起,我买了几串茉莉花,戴在手腕上,清芬袅袅,有暗香盈袖。"

我读着看着仿佛能闻到这字字句句中散发出的又白又嫩的茉莉花的芬芳。那弥漫开来的芬芳,就像春天里泡好的一杯浓香的茉莉花茶直扑你的鼻尖,喝上一口,能香到你的身心里,能香到你的骨子里,这会儿觉得全身心有了一种满满当当的愉悦感。

这本书中所散发出的独具魅力的气息,有可人可心的句子,有日常生活打动人心朴实的话语,有人间真实的情谊,有满心慈悲赋予文字真实的灵魂,有对待这世间风物所独有的视角,有笔者不动声色柔软充沛的内心……

有时,读一本好书,我都舍不得读完,舍不得放下。读一会儿,沉思一会儿,感慨一会儿,这本书中的文字使用得如此精妙,如行云流水,没有一字一句多余的,原来文章可以这样写!这才是一个真正驾驭文字的作家。

我一下午都没有出门，觉得全身感官都被这本书中——有光泽，有温度，有精神明亮向上的力量给予读者感动心灵的文字气场给迷住了，淹没了。好像只有句句朴实且唯美灵性文字气场的存在，不再沉思，不再感慨，不再发一言，脑袋全是她心灵芳香的文字。这会儿我甚至觉得这本书中所有朴实且唯美真情真意的文字，仿佛它们都一一扑向我的身边安营扎寨，刹那让我读书的光阴与读书的心——全都慢了下来。

她是写书人，我是读书人，书中有好文字做伴，我真心是这本书的读者，我真心与这本书中似有生命鲜活的文字亦是知己。

我和朋友小聚在一起的时候，总会忍不住地说："作家李娟的文章写得太好了！"因为，这个沾满文字馨香把文字养在心里的作家，就如她在《慢》一文中那样生动的描写："慢，原来是这样的娴雅与静好。"

是啊，在慢下来的光阴里读一本真正有营养的好书，能愉悦人心，能打动人心，能感动光阴。

有时，我真是一个贪婪好文字的人，即使这本书中的营养再好再多，再怡人、入心、入肺，还嫌不够，真的不够。

我喜欢这本好书！我真的喜欢。

1. 作者为什么这样喜欢李娟的《品尝时光的味道》这本书？请你分条作简要的回答。

2. 文中画线的句子描写人物非常细腻，请你说说刻画人物时运用了什么方法？有什么作用？

3. 这是一篇读后感，请你就文体特征、语言特点、结构，写一些赏析性文字。不少于80字。

4．遇到一本好书，就如遇到一位良师，交到一位挚友，在你的阅读经历中，也一定有这样的好书，请你把它推荐给你的同学。要求不少于150字。

参考答案：

1．（1）淡定的文字气场，散发着芬芳，让人愉悦；（2）文风朴实典雅，蕴含大美；（3）与读者有心灵的共鸣；（4）给读者带来思考和感悟；（5）读这样的书能让时光慢下来，能让人感觉时光静好。

2．运用了动作、外貌描写。描写了老人穿茉莉花串的缓慢、慈祥、静谧的模样。

3．文体特征：读是基础，感是重点，作者先举例然后谈感受，这样使文章有理有据。语言特点：这篇读后感语言很美，运用了多种修辞手法，比如"能愉悦人心，能打动人心，能感动光阴"运用排比，增加了气势，表达了这本书于作者的作用。结构：采用了总分总结构，先谈总的感受，再逐一举例，最后总的谈感受。结构完整清晰。

4．要点：要有礼貌语。根据推荐的书的不同文体特点，进行推荐，理由要充分，语句要精炼。

唯有日常最深情

周末，我下午提前约上大哥。

到了傍晚，我俩一起到文明路又到这家熟悉的小酒馆，再随意要上两碟可口的小菜，满上两杯，小酌小饮，没有白日工作中的客套，无忧无虑，轻松自在。大哥喜欢文学，爱好书法，性格温和，平和近人，从不说过于严厉的话。

灯影下，哥俩相悦而坐，这个时候很容易让人敞开心扉，倾心交谈。

酒刚好时，他就会谈及一些对文学创作的看法，说一些文学大家的代表作品。

譬如朱自清的《背影》，冰心的《我把春天吵醒了》，郁达夫的《故都的秋》，还有苏联文学巨匠高尔基的创作经历。

他说高尔基只是初中毕业，但他却写出了伟大的作品。其实，写作并不需要你有多高的学历，但要具有对文学的素养与天赋，重要的是以后的勤奋，执着和努力。还要学会在平淡的生活中去寻找，探索，挖掘，就会发现生活中美好的人和感人的事。在日常生活中还要有阅读的好习惯，把那些好的文字记在心里养在心里，慢慢积累、沉淀，自然就会滋养出属于自己想要表述的语言。有时，一旦文气跟着灵感上来了，就要去写，用真情真意真心写出自己想要说的话。但不要逼着自己写，因为，那样写出来的文字不是发自内心的，不好看，也不漂亮。

他对文学创作的看法，是我理解的复述，不是大哥的原话。他的原话比这深刻多了，一生都会记住，铭记在心。

每次和大哥小聚在一起的时光，他总是用一种温馨且平静的话语来鼓励我写作。所以，一有闲暇的时间，我便喜欢和大哥小聚在一起谈心，谈文学，并享受那种酒意散淡的人生。

大哥人品好，酒品一样好。

我一直钦羡他酒后的镇定，以及他酒后和酒前一样有着文学涵养的风度。总之，每次和他小聚在一起的光阴，我要的不是酒，我要的是哥俩咪上两口，那种对酒最真诚最纯净的态度；我要的是哥俩碰杯清幽的刹那，那种像酒一样醇厚的情感；我要的是哥俩彼此说话间，那种温馨快乐淡淡酒意的氛围。

我俩在小酒馆喝到恰好，再说一些心中事，一直聊到夜深。

深夜，我俩走在人民路上。看着我们哥俩在灯光下微醉的身影，真没有辜负这样的好时光，这一刻把我俩身影的底色打磨得如此之厚，如此之深，忽而相互叠加在一起，不分你我，不离不弃，永远温馨是一家人。

我回到家，看窗前透来一丝隐约的光，好像生出一朵蓝莲花，有种静美的禅意，直抵小悦微醉的心怀。我不自觉地想写一些文字，这样一想，很快文气跟着淡淡的酒意上来了，我快步走进书房写着今晚哥俩在一起唯有日常最深情的好时光。

我一直认为喜欢写文字的人，谁不喜欢好时光的相拥陪伴呢？所以，那些与生俱来的温暖、慈悲、欢喜、深情、如影随形，是定数，终生在你身边萦绕。

我喜欢今晚的好时光，有他谈及的一些对文学创作的看法，有他对我写作的鼓励，有哥俩彼此说着的心中事，一句比一句温暖，一句比一句深情，有哥一杯，我一杯，喝尽肺腑，有种绵甜之味上涌的泛滥。那种微醉酒意下的小泛滥的情怀，随时随地能在你整个身心四处荡漾，为的是今天傍晚哥俩小聚喝到意兴阑珊的好时光。

今晚小聚的时光与天地光阴相比，只是美好的刹那。就是那种美好的时光，落在一粥一饭间，落在三盏两杯淡酒中，落在一句比一句温馨的深夜里，是日常烟火气的温暖，是生活中真心真意细腻的话语，是朝朝夕夕满怀动心的朴实，如此踏实妥帖，贴心贴肺，丝丝入扣。

最好的时光，唯有日常最温暖最朴实最深情，来了，再来。总记得，全在我心里啊！

1．文章的题目是《唯有日常最深情》，请你说说作者笔下的这最深情的日常指什么。

2．文章的主题是要表达兄弟情深，文中的大哥是一位怎样的人？

3．文章表达手足情深，没有选取大的题材，而是选择日常生活中兄弟小聚喝酒、散步的场面，读来却很感人。你从中悟出点什么？请就选材谈谈你的体会。

4．文章的语言很有特色，试举一例加以分析。

参考答案：

1．指跟大哥一起深夜小聚，喝酒、谈心的温馨画面和感觉。

2．大哥是一位人品、酒品极好的人，他喜欢文学，爱好书法，性格温和，平和近人，从不说过于严厉的话，在文学上能给我鼓励。

3．生活是写作的源泉。从小事入手，挖掘感人的画面和细节，注入真情实感，是会写出感人的文章的。

4．可从用词上、修辞上来举例分析。示例："就是那种刹那美好的时光，落在一粥一饭间，落在三盏两杯淡酒中，落在一句比一句温馨的深夜里"这句运用了排比的修辞手法，写出了美好时光在日常烟火中随处可见的情形。

往事，是风吗？

  我居住的周口城有一条美丽的沙颍河，它不知流淌了多少年。记得我的童年时代这条水路格外的清澈，河流上面有一座满身斑驳的桥，大家都叫它——老洋桥。

  那时，我家住在这条河的北岸，记得桥下经常浮载着来往停留的船只，还有和我一般大小的童年时的玩伴们在船上的嬉闹。一到黄昏，船上炊烟袅袅，经常会看到那些大人们从这条船上到那条船上来去的身影。现在想起那些船和船之间来去的人影，就像当下邻里之间随便串门聊天的惬意，这些都是我儿时的美好记忆。

  小的时候，妈妈拉着我的手途经这座桥上时，我常常会看到从东面缓缓驶来的一艘艘大小船只的帆影。我就会问妈妈：这些船上的人都住在哪里呢？妈妈看着我总会说：这些船都是这条河流上的一个个风雨漂流的家。待我再长大些的时候，才知道我外祖父在民国年间，也是在这条河流上面以船苦途为生计养活一家人的。

  童年记忆中的母亲，齐耳乌黑的短发，宽额，大眼睛，真好看。一到夏季的时候，她经常穿着一件青色的上衣领着我到河边浣洗衣衫，想起童年时跟着妈妈在河边不能忘记的那些小光影，无数次地感动过。为了怀念童年的时光，我经常在河边散步，可我再也听不到我童年时的妈妈在河边的捶衣声、水声、笑声，那些胜似任何的声音了。

  有次，我和母亲天真地说起我童年时和她在河边那些美好的小场景……我说:"再也看不到了,听不到了。"她笑呵呵地看着我说:"那是因为你长大了,我也老了。"

我忘记是哪个作家说的这句话:"童年最好的光景是眼泪。"

记得我入小学的那天,妈妈把我送到学校,她转身走的时候,我以为她不要我了,"哇"地哭出了声,不停地抽泣着,不停地叫着"妈妈,妈妈"。她转过身用温暖的双臂搂着我,抱得很紧很紧。然后,她再擦去我满脸的泪水,说:"好孩子,你放学后,妈妈会接你回家的。"当她再次转身走时,我的眼泪又一次涌了出来,几度哽咽,再次看着她远去的身影,一直到看不见了,我才走进初入学的教室。

这么多年,很快就这样过来了。而我也一直认为童年时的光景,是最天真最美好的,也包括眼泪。

可是,这些年我哪还有童年时的眼泪?哪还有童年时天真的话?我又说了多少美丽的谎言?是啊,成长在万变的世界里总是有经验的,到处充斥着各种谎言,只有童年时的光景才是最好的,只是它在我成长的生活中渐渐地消失了。

比如全身斑驳的老洋桥,绿水载舟的大小帆影,停留的船只、人家、捶衣声、水声、笑声,那些胜似任何在河边的小光景和声音——全消失了,而母亲的身影在岁月不停地更替中也晃走了自己的青春。

今晚,我看着那一轮粉亮亮的满月,你能否告诉我童年的记忆该从何处寻找呢?

有时,我傻得像个天真的孩子,童年的往事过去了那么多年,过去了,怎么又能找回呢?

是啊,它是多么遥远的记忆啊!它是多么遥远的路程啊!当你回头再看童年时的那些小光景，它渐渐不再是一个真实的存在时，似乎那些童年时的小光景又真实地存在你心中最近的那个地方，在那个地方打开记忆的盒子一看，惊喜呀！那里有我母亲风华绝代时的身影，有捶衣声、水声、笑声、桥影、船影、人家和眼泪；有我童年时洒满了斑斑点点光芒的河边，快乐地去追赶一只红蜻蜓，或一群飞来飞去的美丽的蝴蝶，还有我童年时跟着妈妈在斑驳的老洋桥上寸步不离的身影。我童年时的那个天真无邪的身影总占据着我心灵一处温馨的角落，就是这一处温馨可爱的角落里母亲对我的爱很多很多……

在异乡早秋的夜晚，我低眉回转的瞬间，忽然感觉有一种湿润的东西爬上了我的脸，那东西一下子击中了我童年时的那一段段美好的小时光，我伸出手去抚摸它时，觉得全是我童年时快乐的风，那风有烫人的温度，是那么热，是那么远。

往事是风吗？

忽然它在风中又一次被吹得飞了起来，是风，是风，就是风。

1. "往事，是风吗？"作者在这里运用了什么修辞手法？要表达什么？题目为什么要用疑问句？

2. 文字里处处有作者对童年的留恋，请你概括出作者的童年往事。

3. 本文是一篇回忆性散文，记叙了儿时与母亲在一起的往事，表达了对往事的留恋。文章前半部分是记叙，后半部分是议论，请你说说议论在文章中有什么作用？

4. 谁都有一个美好而难忘的童年，沈复在《童趣》中写了鞭打蛤蟆、观蚊如鹤、留蚊于帐这些童事童趣，请你也把你童年的一件趣事讲给大家听。要求，不少于150字。

参考答案：

1. 运用了比喻的修辞，将往事比作风，形象生动地写出了时光的易逝，往事的流走。题目用疑问句，留给读者思考的余地和空间，引起阅读兴趣。

2. 母亲带我途径桥上时的情景，母亲在河边浣洗衣服的情景，我入小学时母亲送我的情景。

3. 议论是表达对往事的留恋，使得中心突出，感情升华。

4. 要点：要突出童趣，叙述要条理流畅。

总有一刻，不同寻常

午后，我在网上不经意间看到作家马德的一篇文章。作家在这篇文中有这样一段描写。

有一天见一个孩子站在金百汇超市门口，呆呆地望着那个卖冰激凌的人，不走。是一个六七岁乡下的孩子，穿戴不整齐。他望着各色的冰激凌从铁器里出来，又装在花花绿绿的尖桶里，好奇而神往。他不禁舔了舔嘴唇，说："妈妈我要那个！"他顺手指了一下那个充满诱惑的冰激凌。

"不，咱不吃这个，咱们走！""不，我不走，我要！"孩子反扯着妈妈的手，僵持着。"那也得等你爸爸回来再买。""不，爸爸到老远的地方给人搓澡挣钱去了，要到秋天才能回来。我现在就要！""妈，我就是想尝尝，那个东西是什么味儿。"

　　这时一位衣着光鲜的夫人走到卖冰激凌的面前，要了两支冰激凌。她把其中一支给了自己的儿子，然后快步走到哭泣的孩子面前，蹲了下来，把剩在手中的一支冰激凌递给了他。"给，亮亮，别哭了。"她摸了摸孩子的脑袋，说，"妈妈不给你买，阿姨给你买。"说完，她站起来，朝孩子的妈妈微微点了点头，笑了笑，便领着她的孩子走开了。走出人群后，那位夫人的儿子有些不解，他扯住妈妈的衣襟问："妈妈，你认识亮亮吗？"夫人说："不，孩子，妈妈不认识。""那你怎么知道叫他亮亮呢？为什么买冰激凌给他？"孩子依旧寻根问底，想弄个明白。夫人笑了，说："孩子不要问这么多了，等你长大后，妈妈再告诉你。"

　　这只是故事的一个段落，当我读完整篇文章后，忽地眼泪夺眶而出。我想起在南方小城遇到的一件简单得不能再简单的往事，而它却让我感动了好长时间。

　　那年夏季的一个傍晚，该用晚餐的时候，我走出了暗黄灯影下的小旅馆，与往常一样往右转，一个人朝着喧嚣的人民路走去。

　　南方小城有点潮湿的夜色里，一街两旁大小店铺开着，灯光闪烁。当我穿过车流疾驰的马路走向另一条小街的时候，看到一个三十多岁的女人，手拉着七八岁的女儿，母女穿衣邋遢。突然这个女人走到我的面前说："大哥，你看我女儿一天没有吃饭了……"我没有停下脚步，没有理会，下意识地想，又是一个女人带着孩子假装可怜，在大街上要钱，这是她们的营生。我刚走两步远,又听到那个女人说:"大哥,我不要钱。孩子一天没有吃饭了,我只求大哥给孩子买一碗饭吃。"忽然心头紧缩了一下,停下脚步,回过头来,看到这个女人无助祈求的目光,一下子碰触到了我内心最柔软的地方。

这条小街熙熙攘攘形形色色过往的人很多,他们或疾走或徐行,有些人只是好奇地看着母女俩,继而他们都是躲闪看着匆匆走开了。只听小女孩说:"妈,我饿了,我想吃这家卖的年糕。"那会感觉孩子的眼神好像从未尝过年糕的滋味。我说:"来,孩子,叔叔给你买。"然后,我又到小街对面一家小餐馆给孩子要上一碗热气腾腾的牛肉面。

小女孩看着我说:"叔叔,你是好人,谢谢你!"

那个小女孩一句简单的话,我当时并没有在意,只是淡淡一笑。当我正要离开餐馆走到门口的刹那,听到小女孩说:"妈妈,你也一天没吃饭了,你吃。""妈妈不饿,你吃吧。"听到母女俩一说一答,我知道自己犯了一个不可饶恕的错误,怎么没有想到要两碗面呢。我很快又叫上一碗面,让老板端到这个女人的桌前。可是,让我没有想到的是,这个女人站起身来,潸然泪下,她朝我深深地鞠了一躬。那一刻我真受用不起这样的重谢!眼圈湿润了。这时用餐客人的眼光一下子都汇聚在这边,他们的眼神中,有好奇,有怜悯,还有别样疑惑的神情。

我离开这家小餐馆,一个人走在小街上,想起了我的童年时代。那时国家不富裕,老百姓的日子也过得很拮据,家家户户都穷困,乞丐没有要钱的想法,都是为了生计讨一碗饭吃。乞丐一到我家门前敲着碗讨饭,我就喊我妈,"要饭的又来了。"那时我家的生活条件相对好点,只要有讨饭的到我家门前,逢讨就应。那晚碰到的那个女人，自己忍着饥饿，却没有给自己伸出手，只给孩子讨一碗饭吃，说明她是有尊严的。

当时，我认为自己只是做了一件简单得不能再简单的事，而那个女人却向我表达了深深的谢意！或许有人说，当下乞讨的花样真多，不要钱的，那也是一种骗人的办法。我想哪怕是有些人所说的以乞讨为生，也是他们的生活方式，这一切都不重要了，重要的是，在平凡的生活中，总有一刻，你对他人一个简单温馨的举动，会让他人心存感激！

所以，就如作家马德的一句话："总有一刻，这个世界早已因为你那点简单的举动而变得不同寻常。"

1. 文章写了两件事，请加以概括，并说说这两件事有什么内在联系。

2. 文章引用了作家马德的话作结，有什么作用？

3. 请你从文章的结构、语言、题目中任意选取两个方面对这篇文章写点赏析性文字，不少于80字。

4. 作家马德说："总有一刻，这个世界早已因为你那点简单的举动而变得不同寻常。"请你说说这不同寻常指什么？

参考答案：

1. 夫人给素不相识的孩子买冰激凌吃，我给乞讨的女孩买年糕、牛肉面吃。这两件事看似毫无关联，实际都是在表达同一个中心，那就是，世界因你的善举而变得与众不同。

2. 揭示了文章的中心，起到画龙点睛的作用。照应了题目。

3. 这篇文章结构条理清晰。文章采用片段组合，分总结构，先记叙妇人给素不相识的孩子买冰激凌,再用两个段落过渡,然后再记叙自己给乞讨的女孩买年糕、牛肉面的事,最后用作家马德的话作结,揭示中心。条理清晰,结构严谨,语言朴实,字里行间有真情实感的流露。比如,在叙述两件事时,没有华丽的辞藻,只有客观的记叙。叙述之后,有自己的感受体会。题目新颖,不落俗套,意蕴深刻,揭示了文章的中心,引起读者的阅读兴趣。

4. 指你的某一个善举,对于需要帮助的人是雪中送炭,会给他们带来温暖,会让世界变得更和谐,更美好。

什么是你的?

生活中,有一些不理解的现象。

比如有的人一边仇视有钱的人、憎恨有势的人,一边还笑话着穷人,甚至看不起穷人。

生活中,有一些让人不理解的事。

比如有的人对身边的朋友,同事,总是瞧不起。一年,两年,或若干年后,看到瞧不起的那些人,有了成就,总不是滋味,又在疑虑纠结这样的人,他们怎么就会有那样的成就呢?

总之,心理复杂,甚至扭曲,又开始嫉妒曾经看不起的人。说白了,还是钱惹的祸。

说起"钱"这个字,就会联想到外边的世界和人生。谁都知道外边的世界充满着诱惑,有些人在一些诱惑面前容易把人性的弱点暴露出来,自然就会生出更多的欲望,这是人性多多少少都有的弱点。有些人在诱惑面前却张弛有度，善于思考孰轻孰重。所以，外边的世界再诱人的事，它不会左右善于思考智慧的人，那些欲望的火苗才不会滋生蔓延。

你想，人生在世有诸多的诱惑和欲望，如果想自己太多，哪怕是眼前的一点蝇头小利分到自己手里有多少，就看得很重，心中除了利益还是利益。那么，这个世间哪还有什么生活的情趣呢？

我看到过作家马德写的一段话："在饭桌上，曾听得一高论。一先生谈及自己练书法的原因，说：'只是为了捆绑住自己的手。'他说：'人的手，总想拿些东西。譬如看见女人的腰，就想掐一把；看见钱，就想抓一些；看见代表权力的大印，就愿据为己有。现在，我让它抓住笔，它就不会想别的了，就会专心地潜心于字上。'这一先生谈及练书法所感悟人生情趣的态度，令人折服。"

我想起南方一个朋友，他整天的生活跟着股市的大盘死一死，活一活的，大盘涨的时候，舍不得抛，股市红盘的时候，眼睛盯着像绿豆一样，等着再涨。他十几年一直在股市上混，钱倒是没有挣上手，反倒是跟着大盘的变动整个人变得恍恍惚惚的。因为贪婪把整个人心都变扭曲了，有时说话都有些歇斯底里的，工作没有做好，生活不如意，家庭不和美。

我总认为玩股票可以，或者做任何事，不要过分地贪婪，更不要过分地追求。有时，自当好时，玩出乐趣，心理满足就好了，切莫让过分的贪婪与过重的追求捆绑住了你那颗自由的心。

人的生活质量，没有固定的标准，在名利与财富的追求上，如果把名利和财富看得过于贪婪，就会把名利和财富看得很大，很重，甚至大到充斥着内心整个世界，重到膨胀着全部整个身心，这种物欲过于贪婪的心态，一旦倾斜，必然陷溺于无休止之中，就容易卷进某种矛盾的旋涡，尔虞我诈，暗流涌动，哭一阵，笑一阵，神一阵，鬼一阵，见人说人话，见鬼说鬼话，见神说神话，阳谋、阴谋、鬼谋、神谋，样样都用上，甚至刀光剑影，人间感情就会受到伤害，人间情感就会变得复杂，人间生活就会越过越不幸，甚至会锒铛入狱。

如若把名利看得清醒，看得平和，看得高远，能放得下，能想得通透，看似失去点什么，但内心清净，才会活得自足踏实。所以，人生不是你拥有多少，你都会快乐和幸福，关键是你对这些身外之物的看法，很重要，是否有着自己的见解和态度。

你想，人生不过百年，名望再高，财富再多，权力再大，有待到那一天凄风掠过身旁的时候，那些身外之物，全都消散在风中而去了，什么都不是你的。所以，人生有许多魅力，不在于得到多少而欢喜，而在于舍去的回味。

什么是你的？

你拥有再多的财富终究都不是你的，只是你拥有一定财富的时候，把自己的家庭过得好一些，给自己身边的人创造一个良好的环境，才是你的。试想，当你的财富越来越多的那一天，而自己的财富又能帮助需要帮助的人，甚至财富多到能给整个社会做慈善的时候，这种至高无上的境界，那才是你真正精彩的人生。

这才是你的。

1. 本文的中心论点是什么？
2. 文章运用了什么论证方法？请举例说明，并说说有什么作用？

3．请你为文章补充一个正面的事实论据。

4．文章开头摆出了两种现象，在文章中起什么作用？

参考答案：

1．淡泊名利财富，内心清净，生活才有情趣。

2．举例论证和道理论证。引用马德的话作道理论证，证明了"心有其他钟情的事，就无暇顾及名利"的观点，增强了文章的说服力。举了朋友因利欲熏心，沉迷股市，生活颓败的事例，具体地证明了"过多的欲望会消耗身心"的观点，增强了文章的说服力。

3．示例：陶渊明淡泊名利，远离纷争，归隐田园，过着"采菊东篱下，悠然见南山"的恬淡生活。活出了生活情趣和质量。

4．引出文章的论题，同时充当文章的事实论据。